Nam cruce adoram[us]
d[omi]ne tuam sacra[m] pas
sionem recolimus: miserere
nobis qui passus es pro nob[is]
Ɓlicis Adoramus te xpiste
et benedicimus tibi: quia p[er]
crucem et passionem tuam
redemisti mundum. Deus:

精神病患

〔美〕威廉·彼得·布拉蒂 著

姚向辉 译

时代出版传媒股份有限公司
北京时代华文书局

THE NINTH
CONFIGURATION

William Peter Blatty

献给琳达

为叙事方便，本书中有部分故事细节纯属虚构；举例来说，美国海军陆战队既没有精神病学家，也没有医务官员。

作者说明

年轻时，出于需要，我非常匆忙地写过一部名叫《闪耀，闪耀，"杀手"凯恩！》(*Twinkle, Twinkle, "Killer" Kane,* 1967) 的小说。我很确定，那本书拥有我所创作过的最棒的基础概念，但出版时它只能称得上是笔记——几段草稿，未成型，也未完成，甚至缺少情节。

但是，那部小说的点子对我来说很重要，因此我围绕它又写了这部小说。这一次，我知道我尽了全力。

我在这国里原有继承王位的权利。①

《哈姆雷特》

第五幕，第 2 场

① 本书中凡引用的《哈姆雷特》台词，中译文均出自梁实秋先生的译本。

第一章

怪诞的哥特大宅与世隔绝，盘踞在一片树林里，簇生的尖塔蜷伏于星空下，就像某种畸形的庞然魔物，无法躲藏，渴望犯罪。滴水嘴兽咧开大嘴，向四周密密麻麻迫近的森林狞笑。有一段时间，万籁俱寂。黎明悄然穿透叶隙。稀薄的秋日阳光撬开被朦胧树影困住的清晨，雾气从朽烂落叶中蒸腾而起，仿佛失散的灵魂般枯干又虚弱。微风吹拂。百叶窗用吱嘎响声哀悼邓更①，游魂般的乌鸦在远处的草场发出嘶哑咳声。紧接着又是寂静。等待。

· · ·

　　大宅里响起一个男人坚定不移的声音，惊起在壕沟里歇脚的一只小绿鹭。

　　"罗伯特·勃朗宁有花柳病，是夏洛特和艾米丽·勃朗特传染给他的。"

---

① 　指《麦克白》里被谋害而死的苏格兰国王邓更。

另一个男人怒吼道："卡特肖，你闭嘴！"

"就是她们两姐妹传染给他的。"

"闭嘴，神经病，狗杂种！"

"你只是不想听到真相。"

"克雷布斯，吹集合号！"愤怒的男人命令道。

军号划破长空，撕开雾气，美国国旗爬上尖塔顶端的旗杆，高傲地在风中翻飞。二十七个男人像弹片似的蹿出大宅，他们身穿绿色迷彩服，匆忙跑到庭院中央，嘟嘟囔囔，骂骂咧咧，弯曲胳膊肘向右看齐，排成检阅队列。有的男人除军服外还穿戴了其他服饰，一个佩轻剑，戴金耳环；另一个顶着浣熊皮帽。咒骂声此起彼伏，就像蒸汽机里迸发出的火星。

"唏喽，喝，喝，伙计！来啊，鸟儿，来啊！ ①"

"说真的，我希望你去灌个肠。"

"击沉俾斯麦号②！"

"看我胳膊肘！"

一个男人抱着一条毛发蓬乱的杂种狗冲到队伍中央。他声嘶力竭地叫道："我的斗篷！谁看见我的斗篷了？"

"妈的，斗篷个屁。"佩剑的男人咆哮道，"就是块他妈的破

_____

① 出自《哈姆雷特》第一幕第5场，哈姆雷特的台词，来自驱赶猎物时的吆喝。

② 俾斯麦号战列舰（Bismarck），第二次世界大战时德军最大的战舰，后在战争中沉没。

布。"

"破布？"

"蠢到家的一块破布。"

"这里是什么国家？"队伍末尾的男人问。

一个金发男人精神抖擞地站在他们面前。他脚上是一双肮脏破烂的黑色帆布鞋，左脚大拇指从破洞里伸头探脑；他身上的迷彩服外面套了一件纽约大学的运动衫，一边袖子上是优秀运动员的徽章，另一边袖子上是 NASA 宇航员的肩章。"立正！"他自信地命令道，"是我，比利·卡特肖！"

众人服从命令，然后硬邦邦地举起手臂，行古罗马的军礼。"比利上尉，让我们为你而战！"他们冲着雾气吼道，然后放下手臂，一动不动地站在那里。鸦雀无声，仿佛死刑犯在等待裁决。

卡特肖飞快地扫了他们一眼，眼光闪耀而神秘、明亮又深邃。最后，他喊道："本尼什中尉！"

"有！"

"上前三大步，亲吻我的衣袍下摆！"

"有！"

"下摆，本尼什，记住，是下摆！"

本尼什向前迈了三步，响亮地一磕鞋跟。卡特肖打量着他，有所保留地说道："体形不错嘛，本尼什。"

"非常感谢，长官。"

"别他妈给我高兴上头。世上最可耻的就是傲慢。"

"是，长官。您说过很多次了，长官。"

"我知道，本尼什。"卡特肖用视线试探着他，像是在寻找无礼和气愤，此时佩剑的男人突然大吼："老大来了！"

众人嘘声大作，一名衣着笔挺的海军陆战队少校怒气冲冲地走出大宅。卡特肖连忙回到队伍里，佩剑男人在一片嘘声中朝少校大喊："我的胡志明解码指环呢？该死的盒盖我寄回去了，石斑鱼，他妈的在哪儿——"

"闭嘴！"石斑鱼怒喝道。小眼睛里射出精光，小平头底下是烂牛肉般的一张脸。他身材粗壮，有一副大骨架。"操他妈的怪胎黄皮贱嘴大学生混蛋！"他吼道。

"谁叫唤呢？"队伍里有人郴曦道。

石斑鱼在队列前踱步，耷拉着一颗大脑袋，像是打算朝他们冲锋。"你们装模作样演戏他妈的打算给谁看啊？哈哈，坏消息来了，兔崽子们。坏到家的坏消息。你们猜下星期谁要来接管这里？猜猜看啊，兔崽子们？猜不到吧？一名精神病学家！"他突然咆哮起来，难以控制的愤怒让他浑身颤抖。"对！没错！最优秀的！穿军装的最优秀的精神病学家！君格以来最他妈了不起的精神病学家！"他把"荣格"念成了"君格"。

他站在那里，沉重地喘息着，积蓄氧气和气势。"他妈的逃避战斗的龟孙子们！他会来搞清楚你们究竟是不是真疯！"石斑鱼狞笑道，眼睛放光，"这个消息好不好啊，兔崽子们？"

卡特肖上前一步。"您能不能别叫我们'兔崽子'，可以吗，少校？听着好像我们是一群长毛猎犬，您是《薄饼坪》里的老海盗。咱们能不能——"

"回去站好！"

卡特肖捏了捏手里那个棒球大小的橡皮喇叭，发出了让人讨厌的嘈杂怪声。

石斑鱼怒道："卡特肖，你那是什么鬼东西？"

"雾号，"卡特肖答道，"据报本地区有中国帆船出没。"

"总有一天我会打断你的脊梁骨，我向你保证。"

"总有一天我会离开兴登堡要塞，我已经厌倦了强打精神。"

"他们怎么就没把你扔进外太空呢？"石斑鱼说。

众人开始发出嘶嘶声。

"安静！"石斑鱼吼道。

嘶声越来越响。

"唉，你们这些滑溜溜的小毒蛇，就擅长弄出这种声音。"

"说得好！说得好哇！"卡特肖赞叹道，带着众人礼貌地鼓掌。

其他人跟着赞颂道：

"栩栩如生！"

"精彩，石斑鱼！太精彩了！"

"请您帮个忙，长官。"卡特肖说。

"什么？"

"找个菠萝塞进你的屁眼。"卡特肖移开视线，他有不祥的预感。"有人要来了。"他说。

这是一句祷告。

第二章

麻烦的起点是奈麦克。1967 年 5 月 11 日，美国空军上尉奈麦克驾驶 B-52 前往河内执行轰炸任务，副驾驶报告说液压系统出了故障，奈麦克平静地站起来，摘掉高空飞行头盔，和气但信心十足地说："这个活儿似乎是给超人准备的。"

　　副驾驶接管了飞机。奈麦克被送进医院，他对自己拥有超人能力的妄想深信不疑，在"没有氪石①"的情况下不可能被完全治愈。但精神病测试和评估的结论却模棱两可，无法确诊奈麦克患有精神病。事实上，直到他在驾驶舱里站起来的那一刻为止，所有证据都表明他的精神和情绪健康得出奇。

　　奈麦克是先驱，而很快就有了十几名、几十名追随者，全是突然表现出心理障碍的军官，通常总有某些惊人而怪诞的强迫症状，但都没有精神或情绪失衡的病史。

　　政府高层很为难，而且越来越头疼。这些人是装病吗？要知

---

① 氪石（Kryptonite），一种虚构的矿物，在《超人》系列漫画中出现，会让超人丧失超能力。

道，就在奈麦克犯病前几天，海军陆战队的布莱恩·费伊上尉由于拒绝前往战区，被判强迫劳役数年。这场战争充满争议，而绝大多数病人要么是正在战区，要么是即将前往战区，因此怀疑他们装病并非是无事生非。

但装病的结论也同样有问题，因为一部分病人与战事并无关系，何况许多人甚至得过勋章。病人为什么都是军官呢？绝大多数病例为何都表现出强迫症状呢？白宫幕僚就此呈交的一份文件中提出了颇为黑暗的猜想：军官中有个地下邪教，目的不明，但可能带来危险。面对如此的一个谜团，产生这种念头也不足为奇。

为了一探究竟，假如确有其事，同时找到原因和治疗方法，政府建立了"弗洛伊德计划"，一个秘密的军队疗养营地网络，将病人与公众隔离开进行研究。这些营地里最新成立的十八号中心，是个具有高度实验性的基地，所使用的旧式大宅位于华盛顿州海岸附近的云杉与松树林里。宅邸的主人名叫艾米·比尔蒂莫，修建它是为了模仿她丈夫——德国人埃尔茨伯爵居住的中世纪古堡。她在多年前就任其荒废了，并于1968年秋天租给了军方。现在占据此处的是一组仅有基本成员的陆战队队员和二十七名病人，病人全都是军官：有些来自海军陆战队，有些开过B–52轰炸机。其中还有一位是宇航员，比利·托马斯·卡特肖上尉，他本来要执行飞往月球的任务，任务却在最后读秒阶段被取消，这个结果过于突然，只有当时在场的人才敢相信。

五角大楼为卡特肖和十八号中心的其他病人指派了一位才华横溢的海军陆战队精神病学家，哈德逊·斯蒂芬·凯恩上校。他对待事物毫无偏见，在治疗上经常使用创新手法，获得过令人惊讶的效果。重新夺回顺化①后的 3 月 17 日，凯恩上校来到了十八号中心。

石斑鱼少校负责中心的日常运转，暂时负责指挥，那天他正按时在操场上对病人们训话，看见一辆吉普车驶近，猜想车上肯定是凯恩上校了，不禁咒骂起自己的命运，为什么他非要赶在晨间列队的时候来到营地？病人这会儿总是最没法见人的。他们就像狂热的虱子，跑到庭院中央集合——所有人都在，只有佩钝头剑的费尔班克斯除外。那天早上他考虑了各种选择，最后决定抓着系在尖塔上的粗绳滑到队伍里。此刻他们正在玩卡特肖发明的"说胡话"游戏，每个人都扯开嗓门喊叫各种神秘莫测的疯话，只有抱狗的雷诺除外。雷诺神情恍惚地望着前方，唱着《让我给你快乐》。小狗似乎被怪异的叫喊声吓得不轻。

"我的天哪！"石斑鱼朝脚边的泥地啐了一口，然后咆哮道，"立正！给我闭嘴，一群傻鸟！他妈的闭嘴，给我列队！列队！"

---

① 顺化（Hué），越南中部承天顺化省的省会。

13

病人们完全不搭理他。

吉普车在宅邸大门口停下。开车的中士为后排座位上的男人打开车门，海军陆战队的这位上校下了车，默不作声地望着石斑鱼和病人们。上校身材高大魁梧，相貌粗野但很和善。他全身上下只有双眼不是凝固的，绿色的斑点在两池栗色中缓缓旋转。眼中透出哀伤。

"各位，能稍微安静一分钟吗？"石斑鱼沙哑的嗓音突然像是调了蜜糖。

病人继续玩他们的游戏。上校望着他们，看不出有什么表情，过了一会儿，他稍微侧了侧头。他身旁多了个表情阴沉的男人，佩戴着医官和海军陆战队上校的徽章，身穿熨烫整齐的 B 级军装——华达呢衬衫配长裤。那男人手拿一副听诊器，望着病人，还不停摇头。"一群可怜的龟孙子，"他嘟嚷道，然后望向上校，"凯恩？"

上校点点头，和他打招呼。

"我是弗洛姆上校，中心的医官。很高兴你能加入。我这儿用得上所能得到的一切帮助。"他望向又乱作一团的病人们，"天哪，他们真是没救了。"

"能带我去我的房间吗？"凯恩问。

"顺着黄砖路走就对了。"

凯恩盯着他。

"弗洛姆中尉，列队！"石斑鱼大吼道，眼睛盯着手拿听诊器的男人。

"弗洛姆，你这个疯子！"一个男人吼道，大步走出宅邸正门，没穿长裤，"该死，把裤子和听诊器还给我！"他气急败坏地走向凯恩和弗洛姆。

一位身穿整齐制服、面无表情的中士在凯恩面前立正站好，敬了个漂亮的军礼。"克里斯蒂安中士报到，长官！"

"他妈的非常准时，基尔代尔！"弗洛姆冷冰冰地回礼。他指着凯恩说："老天在上，你是要送这个人去做手术呢？还是要和你的朋友们扮演士兵，让他站在这儿流血等死？这他妈是什么地方，医院还是疯人院？"

弗洛姆还没说完，克里斯蒂安中士就粗暴地拉走了他。没穿长裤的男人走向凯恩，经过弗洛姆时一把抢过听诊器，对克里斯蒂安中士吼道："这次别再让他弄皱我的裤子！"他转向凯恩行礼。

古怪的表情在凯恩脸上一闪而过，男人脱口而出："文森特！"

凯恩恢复到原先的漠然表情。"你说什么？"他问。

"你怎么看都像文森特·梵高。要么就是麦田上的云雀。我不确定究竟是哪个，反正很接近。我是理查德·费尔上校，这儿的医官。"

凯恩打量着他。他身材矮壮，四十五岁左右，沮丧的脸上有一双狡黠而喜悦的眼睛，他的身体在微微颤抖，敬礼的那只手还攥着听诊器。

"费尔上校，你喝酒了？"凯恩的声音柔和而文雅，没有任何指责的意思。

"什么？穿着制服喝酒？"费尔瞪着他，"是他偷了我的最后一条军裤，"费尔解释道，"另外几条都送去干洗了，还有，上校，你要是打算让我这个礼没完没了敬下去，麻烦请打电话给纪念医院，就说有一条捐献的胳膊可供移植。我觉得它随时都有可能掉——"

凯恩连忙回礼。

"谢谢。您是一位仁慈的君王，长官，我敢发誓。"

一名满脸雀斑的中士走到凯恩面前，利落地敬礼道："克雷布斯中士报到，长官。"

"能带我去我的房间吗？"

费尔打了个嗝，嘟囔道："应该吧。"他转开视线，然后莫名其妙地转身走了。

凯恩目送他走开，然后跟上克雷布斯的步伐。克雷布斯领着他经过病人们，走向宅邸正门。

病人们继续胡言乱语。石斑鱼恳求他们列队立正。他已经错

16

过了两次晋升，只有下次述职报告的评分得到"优秀"，他才有可能不至于老死在现在的军衔上。他怒视着病人们。"老天爷啊，给我安静！"他嚎叫道。

"石斑鱼，你得说'西蒙说'！"卡特肖提点他。

石斑鱼吼道："西蒙说，'立正！'"

众人立刻立正站好，沉默下来，只有戴耳环佩剑的那位除外，他开始向石斑鱼宣读权利，"你有权保持沉默"，等等，等等。

凯恩的视线扫过队伍里的每一个人，在心里评估他们，最后目光落在比利·卡特肖那双眨也不眨的蓝眼睛上。卡特肖目光灼灼地盯着他。

凯恩向石斑鱼回礼，继续朝宅邸正门走。他转过身，发现卡特肖上尉依旧盯着他。凯恩粗壮的手指轻轻抚过面颊，触摸着一段记忆，一种丑陋，那是多年前一位韩国整形医生为他抹去的痕迹；一道犹如闪电的伤疤，从眼睛蜿蜒延伸到下颚。

他走进了大宅。

后来，石斑鱼在他的办公室里沉思，愤怒渐渐平息，变成忧郁的愠怒。他在二战中获勋次数排名美军第十一，朝鲜战争中也多次因英勇得到嘉奖。他在突出部战役中临危受命，从最底层一路升到现在的位置。他的职业生涯曾经充满希望，现在却已褪色，看不到出路；个人生活也是各种碰壁的一团乱麻。除了愤怒，他没有任何长进。现在他最憎恨的就是那些病人。还有凯恩，他在凯恩面前遭到了羞辱。

凯恩。这家伙有什么地方不对劲，石斑鱼心想。说不清究竟是哪儿不对劲，但肯定有什么东西格格不入，那种感觉很熟悉。

这让他感到不安。

第三章

费尔的医务室散发着反抗一切的气息。墙上用蜡笔画出几个粗大的红色箭头，指着盛有"阿司匹林"、"创可贴"、"牙线"和"柠檬糖"的罐子。还有一个箭头指着"意见箱"。箭头和罐子上方是用绿色蜡笔写的总处方："自己动手。"

费尔站在办公桌边上的一具骨架旁。他在骷髅头的颅底放了一瓶苏格兰威士忌，他倾斜酒瓶，烈酒穿过骷髅头缺牙的地方，流进他举在瓶口底下的咖啡杯。"别怪我，"他嘟囔道，"我告诉过他们别给你做手术的。"他喝了一口咖啡兑威士忌，做个鬼脸，从桌上拿起一摞文件夹，出门走进宅邸的大堂。

大堂和宅邸的外观一样，也是都铎和哥特式的混合风格，巨大而拥挤，墙壁由石块砌成，教堂般高耸的天花板上梁桁纵横交错。环绕大堂的房间现在是指挥官办公室、事务官办公室、医务室、杂物间和病人宿舍。

这片巨大空间的一面墙上贴着电影《德古拉》被放大了的海报，副标题是"特兰斯瓦尼亚的鲜血恐怖"。对面是螺旋楼梯，通往二楼的员工宿舍。底层大厅用作病人的诊疗室，放着沙发椅，象棋棋盘，乒乓球台，立体声音响，电影放映机和屏幕，出售咖啡、软饮料和香烟的机器，写字台和杂志，画架和画布，还有病人绘制的几幅油画。没有一幅画完的。每一幅画都是在叙述中被突然打断的恐怖故事。其中一幅画上，食指指着上方，被针刺破，鲜血滴淌。另一幅画上，一棵树，枝杈末端变化成了巨蟒，巨蟒正在碾碎一个男婴的头；创作者将其冠名为《母爱》。还有几幅画的细节庞杂而纷乱，但描绘得异常细致，你在一幅画里能认出一把冲击钻、半条手臂、奔腾的列车、车床的轮轴、一只怨毒的眼睛、一尊黑人耶稣、一柄血淋淋的斧头、一粒飞行中的子弹和半人半蜥蜴的怪物。有一幅画的是城市在熊熊燃烧，黑色浓烟滚滚而起，高空中有一架小得几乎看不清的银色轰炸机被长矛刺穿，油箱上用微小的红字写着"我"。

费尔环顾大堂。安静、荒芜得奇怪。他走向凯恩的办公室，推门进去。

凯恩的书桌上放着一个大手提箱，他正在从箱子里取出几本书。凯恩背对着费尔，但感到门被悄悄地打开，就敏捷而优雅地转过身。

"你怎么样？"费尔问，随手关上门。

"不打算穿上衣服？"凯恩问他。费尔依然没穿长裤。

"弗洛姆不把裤子还给我，你叫我穿什么？"他答道，"难道要我从他身上扒下来？"

"不行，不能用这种压制手段。"凯恩答道。

"不能弄皱了我的裤子！"

"对，当然。"凯恩的声音很和蔼，就好像他的生命中只有耐心。他从柚木桌上的手提箱里又拿出几本书，走向墙边的书架。墙上曾经挂着一杆中世纪制造的长枪，如今斜挂着一面美国国旗。这个房间以前是主人的书斋，镶着深色橡木墙板，高处挂着猎物的头颅。能说明他们活在现在的除了那面国旗外，就是书桌后墙上林登·约翰逊总统和参谋长联席会议主席的照片，两张照片的相框是一套，两人的姿势说明他们已经断绝了关系。

"来，"费尔把那些文件夹扔在书桌上，"给你的礼物，患者的病史档案。"

费尔的视线不小心落在手提箱里的一本书上。罗马天主教的弥撒书。他思考了一瞬间这其中的含义，然后抬起头望着凯恩。

"我能给你点建议吗？"费尔问道。

门突然被撞开，狠狠撞在墙上，震得天花板上灰泥脱落。"我能进来吗？"宇航员卡特肖问道。他随手摔上门，走向凯恩。"我是比利·卡特肖，"他恶狠狠地说，"这么说，你就是那个新来的？"

凯恩把书在书架上放好，转过身道："对，我是哈德逊·凯恩上校。"

"能叫你哈德吗？"

"还是叫我上校吧。"

"你是负责做鸡肉的吗？"

"凯恩上校是精神病学家。"费尔说，沉重地坐进观景大窗上的座位。

"当然。可他们还说你是医生呢。"卡特肖顶嘴道，他指着费尔说，"这位老兄给鳄鱼治粉刺。听我说，哈德，快收拾行李离开！就算你是雪莉·麦克雷恩①我也不在乎！我得到命令来通知你，你该滚蛋了！行动起来！挪动屁股！"他拍了拍桌上的手提箱。

凯恩冷静地看着他。"有人'命令'你？"他问道，"卡特肖，命令你的是谁？"

"看不见的力量，为数众多，无法列举。你看档案吧，全都在档案里！"卡特肖抓起桌上的病历，飞快扫视封面上的一个又一个标题，然后一本接一本扔在地上。"全都在档案里，"他兴奋地大声说，"列在'神秘声音'的标题下。圣女贞德没有疯，她只是听觉特别敏感！"卡特肖扔掉所有的病历，手里只留下一本。

---

① 雪莉·麦克雷恩（Shirley MacLaine，1934—　），美国著名女影星，获得过奥斯卡金像奖最佳女演员、金球奖最佳女演员和英国电影学院奖最佳女演员。

"哈！找到了！我的！就是它！来，哈德，你读一读。大声读。这是给我治病。"

"我们为什么不——"

"大声读，妈的，否则我就会发疯！我对天发誓！你们都要负责！"

"好的，卡特肖。"凯恩接过宇航员手上的档案夹，"坐下。"

卡特肖一屁股坐在费尔大腿上。有什么东西咔嚓一声断了。卡特肖说："我口袋里的那袋玉米片见到了世界末日。"

费尔只是盯着他的咖啡杯，表情丝毫不变。"能告诉弗洛姆一声，我很想要我的裤子吗？"他对宇航员说。

"你想想野地里的百合花。①"

卡特肖从费尔怀里跳起来，走向书桌前的高背木椅。他盯着凯恩，眼睛眨也不眨。"我等着呢。"他说道。

凯恩开始读道："……卡特肖，比利·托马斯，上尉，美国海军陆战队……"

卡特肖无声地比着口型，凯恩继续大声朗读：

"……在预定升空日期前两天，该军官于基地就餐时，被注意到拿起番茄酱塑料瓶，在喉咙上挤出一道红线，然后踉跄几步，

---

① 出自《圣经·新约·马太福音》6章28节。原文为"何必为衣裳忧虑呢？你想：野地里的百合花怎么长起来；它也不劳苦，也不纺线。"

重重地摔在航天局局长就餐的餐桌上，嘴里含糊不清地说，'不要——点——剑鱼'。"

接下来是几秒钟的沉默，凯恩盯着病历。费尔从衬衫上捻起线头。

卡特肖抬起手抓住挂在脖子上的圣牌。"你在看我的圣牌！"他朝凯恩叫道。"不许看我的圣牌！"

"我没有看。"

"不，你看了！你很想要！"

凯恩低头看着病历。他继续读下去。"第二天——"

"漂亮吗？"

"对，很——"

"狗娘养的！我就知道。你在看我的圣牌！"

"对不起。"

"哈，对不起！'对不起'有什么用？损害已经造成了，嫉妒的臭猪！这叫我怎么吃得香，睡得着？我会紧张得颤抖着缩成一团，等待某个贪婪的偷窥狂上校摸到我床边，抢走我的圣牌！"

"我要是那么做了，"凯恩安慰道，"你会惊醒的。"

"你可以在我的汤里下强效安眠药。"

凯恩扫了他一眼，然后继续读病历。

"第二天清晨5点整，该军官进入太空舱，但在接收控制中心指令开始倒数时，却听见他大喊，'我被利用了，病得要死了！'被抬出太空舱时，该军官大声说，假如'获得提名'，他'不会参加竞选，就算选举成功，他的整个任期都会在办公室里呕吐'。他后来宣称自己'深深相信'去月球这种事'没规矩，不礼貌，无论如何都对皮肤不好'。"

费尔忍俊不禁，惹来卡特肖的怒视。"怎么了？你觉得很好玩？"卡特肖一跃而起，拿起书架上的书往地上扔。"收拾行李，哈德，快离开！我受够了！"

他突然停下，盯着手里那本书的封面。"这他妈是什么：德日进①？"他惊讶地看着书架上的其他书。"杜埃版《圣经》②，托马斯·阿——"卡特肖摇摇头，走向凯恩，"找一个天主教徒给我看，我就找一个毒虫给你看。"他说完一把撕开精神病学家的袖口，从手腕一直撕到肩膀，然后仔细打量凯恩的胳膊。最后转向费尔，皱眉道："他的针眼藏得可真好。"

凯恩平静地说："你为什么不去月球？"

---

① 德日进（Pierre Teilhard de Chardin, 1881—1955），法国哲学家，神学家，古生物学家，耶稣会修士。德日进在中国工作多年，是中国旧石器时代考古学的开拓者和奠基人之一。

② 杜埃版《圣经》（*Douay Bible*），也称作杜埃－兰斯版《圣经》（*Douay-Rheims Bible*），是一种天主教会根据拉丁文翻译成英文的《圣经》，《新约》部分出版于 1582 年，《旧约》部分出版于 1612 年。

"骆驼为什么有驼峰，响尾蛇为什么没有？耶稣在上，朋友，不要向心灵索要原因！理性是危险的！真相是卡斯特①说坐牛②是西班牙狗崽子。那么，看了这么多，你高兴吗？"

"你为什么不去？"凯恩逼问道。

"我为什么要去？那上面究竟有什么？"

"克里斯托弗·哥伦布从西班牙启航的时候，他难道想到了会发现美洲吗？"

"他该想到的只有罗盘。一个白痴出发去找印度，却把旗帜插在了皮斯莫海滩上。"

"这——"

"哈德，我见过月球岩石！里面有一小块一小块的玻璃，不觉得神奇吗？"

"卡特肖，你还是没有告诉我原因。"

"只有傻蛋在晚餐后跳舞，"卡特肖吟诵道，"而酋长要睡觉。"

"什么意思？"凯恩问。

"我怎么知道？"卡特肖为自己辩解，"那些声音叫我这么说的！"

---

① 乔治·卡斯特（George Custer，1839—1876），美国陆军军官，以骁勇善战得名，最后在"小大角战役"中被印第安部落头目坐牛击毙。

② 坐牛（Sitting Bull，约1831—1890），美国印第安人领袖。在"小大角战役"中击毙乔治·卡斯特后向美军投降，获得大赦。但美国政府后来还是找借口将他击毙了。

"卡特肖——"

"等一下，不，等、等一下！"宇航员坐回椅子里，抬起手按住额头，紧闭双眼，陷入沉思。"我接到了星界的信息。匈奴人阿提拉。他想知道你收不收钱。"

"不收。"费尔答道。

"你去告诉他！"

门突然开了。

"费尔医生，我要看病。"

一个戴贝雷帽的病人站在门口，他一只手拿着调色板，另一只手拿着画刷。

"怎么了？"费尔问。

"还能是谁，当然是莱斯利搞的！永远是莱斯利！"

"莱斯利·莫里斯·费尔班克斯上尉。"费尔告诉凯恩。

戴贝雷帽的男人气得发抖。"他又给我弄上了可恶的费尔班克斯标记！看！"他气冲冲地转过身，"我在流血！"

他没有流血，但长裤的臀部被刷上了一个显眼的字母"F"。

"不是你自己弄的？"费尔问。

但那个病人在看着凯恩。"你是凯恩上校？"

凯恩点点头。

"太好了。我是米开朗基罗·戈麦斯。"戈麦斯用画刷蘸着颜料。"你的脸色怎么发青？"他问道。

"当心！"费尔叫道，可惜为时已晚。戈麦斯的动作犹如闪电，在凯恩的双颊上各画了一笔红色。

"看！"戈麦斯笑得很灿烂。"算不上是《珍妮的肖像》，但也肯定不再是《道连·格雷的画像》了！"他举起画刷敬礼。"回见！"他说道，然后转身离开。

凯恩听见沉重的呼吸声。卡特肖就站在几英寸外，双眼圆整而闪亮，视线狂乱。"很好，现在我准备好做墨迹测试①了。"他说道。他跑过去抓住椅子，拖到书桌旁坐下，满怀期待地望着凯恩。"来吧，咱们开始。"

"你想做墨迹测试？"凯恩问。

"搞什么名堂，我难道在自言自语？我要现在就做，趁你脸上的玫瑰还新鲜。"

凯恩用手帕擦脸。"我这儿没有罗夏克卡片。"

"狗屁。你看看抽屉里。"卡特肖对他说。

凯恩拉开抽屉，取出一叠罗夏克卡片。"很好。"他说道，坐

---

① 墨迹测试（Inkblot Test），是人格测验的投射技术之一，由瑞士精神医生赫曼·罗夏克（Hermann Rorschach）于 1921 年最先编制。测验由 10 张有墨渍的卡片组成，其中 5 张是白底黑墨水，2 张是白底及黑色或红色墨水，另外 3 张则是彩色的。受试者会被要求回答他们最初认为卡片上的墨迹看起来像什么及后来觉得像什么。此后，心理学家根据受试者的回答及统计数据判断其性格。

进书桌后的椅子，"请坐。"

费尔悄悄走近书桌，从旁观察。

凯恩取出一张罗夏克卡片，举起来，宇航员凑近仔细查看，皱起眉头，盯着那团墨迹。

"你看见了什么？"凯恩问。

"我的整个人生，一瞬间从我眼前掠过。"

"认真点。"

"好的，好的，好的：我看见一个很老的老太婆，一身古怪的衣服，正在朝大象吹毒镖。"

凯恩换上另一张卡片。"这张呢？"

"卡夫卡和臭虫聊天。"

"很好。"

"你一肚子屁话，知道吗？"

"我以为就是卡夫卡呢。"费尔插嘴道，兴致盎然地打量那张卡片。

"你连卡夫卡和贝蒂·戴维斯 [①] 都分不清。"卡特肖斥责道，然后转头对凯恩说，"至于你，你的精神有问题。"

"嗯，有可能。"

[①] 贝蒂·戴维斯（Bette Davis，1908—1989），美国著名女影星，曾两度获奥斯卡最佳女主角奖。

卡特肖站起身，说道："见风使舵。你总是拍疯子的马屁吗？"

"不。"

"我喜欢你，凯恩。你为人不错。"

卡特肖把圣牌连链子一起从脖子上扯下来，扔在书桌上。"来，圣牌归你了。给我一本书。"他抓起德日进的《我如何相信》。

"现在你会乖乖地一个星期吗？"凯恩问。

"不，我是无可救药的撒谎精。"卡特肖走过去一把拉开房门，门恶狠狠地摔在墙上，再次撞得天花板上灰泥脱落。"我可以走了吗？"声音里透出孩童般的认真。

"可以。"凯恩说。

"你这人非常睿智，范海辛，"卡特肖模仿德古拉道，"对只活一世的凡人而言。"他迈开大步走了出去，消失在了视野之外。

凯恩捡起圣牌。"圣克里斯多福①。"他喃喃道。

"保佑我们。"费尔补充道。

凯恩翻过圣牌，毫无感情地说，"背面还刻着文字。"

"请为我们祈祷？②"

"'我信佛。如遇意外，请召喇嘛。'"

---

① 圣克里斯多福（Saint Christopher，？—约251），天主教圣人，亦译作圣基道或圣基道霍。传说他曾经帮助耶稣所扮的小孩子过河，是旅行者或游子的主保圣人。

② 原文为拉丁语，Ora pro nobis？

费尔没有任何反应。他从地上捡起一本书。

"卡特肖信什么宗教？"凯恩问。

"不知道。你看病历吧，病历里都有。"费尔看着手里那本书的标题。《初等心理学》。他翻了翻，注意到许多折角和黑笔画的着重线。

凯恩拿过费尔手里的书，走向书架。宅邸里的某处，一位病人在尖叫，"狗娘养的金星人！擦干净你们的屁股！"

"你真是走运啊，凯恩。"费尔叹道。

"是吗？"

"是的，百万分之一的运气，服兵役的人能得其所用，你说呢？"

"难道你不是？"

"我是儿科医生。"

"我明白了。"凯恩继续整理书架。

"哎呀，上校，别太当回事了。放轻松！"费尔弯腰去捡地上的病历。

"我们都在扮演不适合的角色。"凯恩嘟囔道。

"你说什么？我没听清。"费尔抬起头。

凯恩停止收拾书架，阴影遮蔽了面容。"珍珠港事件前，我以为我会去当神父。我们都在扮演不适合的角色，多多少少而已。

出生在这个世间就……"他的声音小了下去。

费尔等待着，警觉而专注，丑角的外衣消失得无影无踪。他眼里闪烁着智慧的光芒，表达着关切。"就什么？"他问道。

"我也不知道。"凯恩回答说。他的面容依然在暗处。"我思考疾病，地震，战争。"他垂下头，"痛苦的死亡。孩童的死亡，患癌的孩童。假如这些仅仅是我们所在的自然环境的一部分，为什么会让我们那么惊恐呢？我们为什么会认为它们是邪恶的呢？除非……设计我们是为了"——他寻找合适的字眼——"某些……其他某些地方。"他的声音变得很遥远。"也许良知是我们记忆中事物应有的运转方式。假设我们并没有进化，而是在退化……越来越远离——"凯恩突然停下。

"远离什么？"

"精神病学家不该说'上帝'。"

"不该个屁。你的档案里都记着呢。接着说。"

"也许一切邪恶都是挫折，是我们与应然的分隔。"凯恩继续道，"也许罪行只是那种分隔——渴望神性的孤独——带来的痛苦。我们就像离水的鱼儿，费尔，也许这就是人们发疯的原因。"

接下来是一阵沉默。凯恩再次开口，声音犹如耳语。"我不认为是疯狂滋生了邪恶，我认为是邪恶滋生了疯狂。"

一条华达呢长裤飞进房间，落在费尔的胸口。

"啊哈，我的裤子来了。"他淡然道。

卡特肖站在门口。"弗洛姆决定捐出他的全部财产，赠给智力上的穷人。"他瞪了费尔一眼，然后就消失了。

一条毛发蓬乱的邋遢杂种狗轻快地跑进房间，凑到书桌脚边闻了闻。

"这是什么？"凯恩问。

狗抬起一条腿开始撒尿。"我看是条狗。"费尔说。

狗咬住费尔那条长裤的裤腿边，呜呜叫着向后拉，费尔连忙抢夺。"该死，放过我的裤子！"他叫道。

狗突然松开裤子，跑到凯恩背后躲了起来，一位矮小的病人冲进房间。他在脏兮兮的绿色迷彩服外披着一条破烂的黑斗篷。他径直走向小狗。"找到了，你这个小流氓！"

石斑鱼跟着冲了进来，一把揪住病人。"对不起，凯恩上校。"他说，"很难盯紧所有——"

"放开他。"凯恩说。

"长官？"

"放开他。"凯恩重复道。他说得很和气，但不知为何，石斑鱼感觉到了威胁。他松开了手。

凯恩又说："他们愿意什么时候来找我都可以。"

"你听见了？"雷诺得意地说，神采飞扬地看着菲利普。

"随便你，凯恩上校。"石斑鱼嘟囔道，转身快步出门，很高兴不用留在房间里。

"那家伙啊，疯狂又危险。"雷诺抱怨道。

"戴维·雷诺中尉，哈德逊·凯恩上校。"费尔为他们介绍，并搂住雷诺的肩膀。"雷诺是领航员，B-52轰炸机。"他捏了捏雷诺的肩膀，以伙伴间的欢喜语气说道，"对吧，老伙计？"

"去你妈的。"雷诺厌恶地瞪着费尔。

"这是你的狗？"凯恩低头望向那条狗。

"还能是我的斑马不成？我的天，你们这些人到底有什么毛病？"狗在舔凯恩的鞋，雷诺指着狗说，"看，我觉得它很喜欢你。"

"你管它叫什么？"

"不负责任。它彩排已经迟到了十分钟。现在给我走！"雷诺气呼呼地命令道。狗带着尊贵的气度啪嗒啪嗒走出房间，凯恩瞥见费尔班克斯敏捷地抓着窗帘从二楼滑了下去。

费尔清清喉咙。"中尉，上校也许想听你说说你的工作。"

雷诺丢给他一个白眼。"导航吗？小孩子的把戏！我交给乌鸦，交给飞鹰，交给燕子！我不仅仅是个装置！我不是患白化病的蝙蝠！当心你的杯子，我亲爱的，漏出来了。"

"不是导航。"费尔说。"你现在的工作。告诉上校。"

"啊哈！你说的事情尚未成熟！"

"雷诺中尉，"费尔解释道，"正在为犬类改编莎士比亚戏剧。"

雷诺骄傲地挺起胸膛。"心甘情愿的苦工！他妈的头疼！老天在上，总得有人去做！您叫什么来着？"

"哈德逊·凯恩。"

"犹太味儿太浓了。回头换掉。想参加彩排吗？"

"正在彩排什么？"

"我们在排《恺撒大帝》里最抓人的那一场，模样高贵的斑点狗用罩袍裹住身体——就是这样！"他双眼通红，用斗篷做演示，"然后叫道：'还有你，白牙？'"凯恩和费尔都毫无反应。雷诺从身前放下斗篷，疯狂且得意的笑容渐渐消融。他说："你讨厌它。"

"没有的事。"凯恩连忙安慰道，"我觉得很有意思。"

"很好。咱们找个机会仔细讨论。事实上，我在《哈姆雷特》选角上遇到了难题，很想听听你的意见。是这样的，假如我让一条大丹犬扮演角色，狗娘养的评论家会指责我——"

狗在门外急切地叫了几声，雷诺转身就走。"'这时代是全盘错乱'，[①]"雷诺懊悔地说，"妈的，我为什么非要这么生活？给它个角色，它就当自己是芭芭拉·史翠珊了。"他用斗篷裹住身体，快

[①] 出自《哈姆雷特》第一幕第5场结尾，全句为："这时代是全盘错乱；啊，可恨的冤孽，我生不辰，竟要我来纠正！"

步走向房门，嘴里叫道，"等一等！我来了，雷普·汤恩①，我来了。"他在门口转身，对凯恩说，"多读经典名著，有助于整个呼吸系统。"

说完他就消失了。他们听见他在训斥那条狗。"你的教养都去哪儿了，雷普·汤恩？你他妈是在哪儿长大的，谷仓里吗？"

凯恩等了一会儿，然后望向费尔。"他们的情况都这么糟糕吗？"

"也可能都这么有天赋。"

"这么说，你认为他们是在装疯？"

"谁知道呢。"费尔坐在凯恩的书桌边缘，抖出一根香烟点燃，开始喷云吐雾。"我自己也才来了一个星期多点儿。"

"这么短？"

"是啊。"他又深吸一口。"不过我觉得最大的谜是卡特肖。"

"为什么？"

"唔，他没有上战场，为什么要装疯呢？"

凯恩垂下头，轻声道："是啊。"他走到窗口向外望去。浓雾包裹了整幢大宅。

"这些人智商都很高，"费尔沉思道，"事实上有几个甚至接近

---

① 雷普·汤恩（Rip Torn, 1931— ），美国舞台剧和电影演员，获得过奥斯卡最佳男配角奖。

天才。而我在军队里见过的其他装疯病例呢？差不多都是在阅兵台前走出队列当众撒尿，而且还要瞄准校官的腿尿。"

凯恩点点头。

"他们的强迫症状都过于有创造性了。"费尔继续道，"过于狂放，过于恰到好处。但这些人怎么会都有强迫症状呢？他们是串通一气的吗？是被火星人绑架过吗？到底是怎么一回事？像本尼什这样的人怎么会为了脱离战斗而装疯？他可是得过国会荣誉勋章的啊。实在没道理。我拿不准。你怎么认为？"

凯恩转身正要回答，但突然停下了，视线穿过敞开的房门。费尔跟随他的目光望过去。克雷布斯在大堂里跟着费尔班克斯快步行走，费尔班克斯打扮成修女，戴着一副巨大的圆框太阳镜，钝头剑从长袍底下戳出来。他拿着一个大号铁皮杯，猛地转向克雷布斯，铁皮杯里的硬币丁当作响。"这是我的多重人格之一，"他吼道，"我是爱娃·布莱克修女。"克雷布斯说了句什么，凯恩和费尔都没有听清，但费尔班克斯回答得直截了当。"安贫小姐妹会①是公认的慈善组织，克雷布斯你给我滚远点儿！"

费尔关上门，摇头道，"费尔班克斯，又是一个谜。"他坐进房间侧面的沙发，伸手拿起茶几上的烟灰缸，撵熄烟头。"妈

---

① 1839 年由圣余刚贞修女始创于法国的扶贫组织，专门照顾有需要的长者。

的，谁知道呢。他开英国卖给我们的那种飞机，就是垂直起飞然后再直飞的那种，知道吗？天晓得为什么其中的二十四架坠毁了，二十四这个数一过，费尔班克斯就开始参加树林里的毕业舞会了。妈的，也许应该给他们所有人上电疗。三下两下就能分清楚谁是装疯的，你说呢？"他看见凯恩盯着他的短裤下摆，那里用红线绣着"温顿酒庄"四个字。"还是你不这么认为？"费尔继续问道。

凯恩目光灼灼地望着他。"你让我想起一个人。"

"谁？"

"不好说，但就是觉得很熟悉。估计迟早会想起来的。"

"喜欢电疗的点子吗？"费尔问。

"我以为你在开玩笑。"

"我开玩笑？你不会是认真的吧？"

"我得好好想一想。"

"行啊，想一想，"费尔说，"认真想一想。付你薪水就是干这个的。要是有了答案就通知我。"凯恩漫不经心地点点头。费尔盯着他看了一会儿，起身开门离开。他走进自己的卧室，用私人线路拨通五角大楼某位将军桌上的电话。对方拿起听筒，费尔说，"他到了，长官。"

第四章

浓雾几乎散尽，但夜色正在逼近。雨云隐然威胁。凯恩坐在书桌前，憔悴的脸上，双眼宛如两口深井，他肩负急迫的使命，被心魔纠缠。他阅读了所有的病历，此刻沉浸在一本精神病学课本里。他时不时用黄色软芯铅笔勾画重点。这是他抵达的当晚。

　　他调整台灯的角度，向课本压低灯泡，他垂下头，闭上眼睛，呼吸深沉而响亮，几乎坠入梦乡。他猛然惊醒，揉着眼睛继续读书。他勾出一整段文字。这段文字说的是休克疗法的治疗效用。他仔细看了好一会儿，然后望向卡特肖的圣牌。圣牌仍旧放在桌上。

　　办公室的门突然开了。进来的是卡特肖，他穿着泳裤，肩上搭一条沙滩毛巾，胳膊上扎着黑色臂章，手里拿着孩童的玩具桶和铁铲，脚上套着蛙人脚蹼，泳裤和毛巾是相配的波利尼西亚花纹。他随手摔上门，命令道："咱们去海滩。"

　　凯恩把灯泡压得更低了，好让面庞隐藏在黑暗里。"天已经黑了，而且快要下雨了。"他的声音很轻柔。

卡特肖走向他，橡皮脚蹼嘎吱嘎吱地踩在抛光的橡木地板上。他眉头紧锁，怒目而视。"我看你是存心要吵架是吧！好，很好，咱们玩医生游戏。"

"不。"

"那就抓子儿，想玩抓子儿吗？"

"不，不想。"

"好老天啊，你什么都不想玩！"卡特肖叫道。"这地方实在无事可做！我要发疯了！"

"卡特肖——"

"我要怎么做才能跟你聊上几句呢？牺牲献祭？哈，有了！"他把玩具桶扣在凯恩的书桌上，然后拿起来随手扔掉，一份摊开的病历上多了一团桶形的湿土。"我带了个泥巴派给你，现在能和你聊天了吧？"

"你愿意聊月球吗？"

"听着，人人都知道月球是一坨羊乳奶酪，我来是为了和你谈费尔上校。"

"他怎么了？"

"他怎么了？你的脑袋是石头吗？天哪。奈麦克上尉今天早晨去找他，说他得了一种古怪离奇的病，知道那个庸医开了什么处方吗？他说，'来，拿着。自杀药丸，稍微有点清肠的副作用。'

你说这算什么态度？"

"奈麦克怎么了？"凯恩温和地问。

"他子宫后屈。"

"我明白了。"

"跟奈麦克这么说，看能不能安慰他的痛苦。说什么？就说'听着，奈麦克，放轻松好吗？我找凯恩上校谈过了，他很同情你，但也叫你用自杀药丸和阿司匹林他妈的塞满你的子宫，你看费尔虽说古怪，但还是有一手的'？然后他要是也回答说'我明白了'呢？"宇航员换上了哀求的语气，"咱们去海滩吧。"他重复道，"走吧！"他企图气呼呼地跺脚，橡皮脚蹼像鞭子似的啪嗒啪嗒抽打着地板。

"天黑了，而且在下雨。"凯恩答道。

卡特肖愤怒地扭曲了表情。他从桌上拿起玩具铲，咔嚓一声掰成两半。"看！我折断了和平之箭！"他扔掉铲子的残骸，"狗娘养的！喂，你到底是谁？我怎么觉得你就是费尔班克斯，披上了新的离奇伪装。他有一次裹着驯鹿皮走来走去，但我们都认得他那个混球。你知道我们后来是怎么收拾他的吗？我们给他沉默疗法！妈的，我们甚至不对他点头打招呼，一个顶着鹿角的傲慢杂种。最后他绷不住了。"宇航员眯起眼睛，仔细打量凯恩。"你真是天主教徒吗？"他问道。

"对。"

"狗屎。我是基督轻骑兵的烈火腾越骑士。想问问我们信什么吗？"

"你们信什么？"

"爱上麋鹿的上校！现在你给我出去，哈德！我很快就要对你失去耐心了！"

"你要我离开？"凯恩问他。

卡特肖扑在桌上，抓住凯恩的手腕。"你疯了吗？"他惊恐地瞪大眼睛，"失去我这辈子唯一的朋友？"他喊道，"啊，上帝，请不要这么做，哈德，求求你！求你不要走！不要把我一个人扔在充满恐怖的屋子里！"

上校的眼睛里满是怜悯。"不，我不会走的，向你保证。坐下，你坐下，咱们聊聊。"他安慰道。

"对！"卡特肖大喊道，"我想聊聊！我需要治疗！"他松开凯恩的手腕，立刻恢复了平静。他啪嗒啪嗒走向墙边的沙发，一屁股坐下躺平，盯着天花板。"上帝啊，我该从哪儿开始说呢？"

"自由联想。"凯恩提议道。

卡特肖扭头凶恶地盯着他。他从沙发上起来，跺着脚走到书桌前拿起他的圣牌，回到沙发上躺平。"先说说我的童年。我出生于北达科他州的一个小——"

"病历上说是布鲁克林。"凯恩说。

"喂，我会说到这个的，可以吗？要么你过来躺下，咱们听你说好不好？这到底是给谁看病？"

"你。"凯恩答道。

"我能问个不需要回答也没有白痴企图回答的问题吗？安静！"卡特肖叫道，翻过来趴在沙发上。"我有三个老处女姨妈，"他冷静地讲述道，"名叫'难看'、'粗鲁'和'庸俗'，每年圣诞都会在旧货店买个大富翁游戏送我，但每年都缺棋盘，我他妈连一个棋盘都没有。是啊，最后我自己做了一个山寨货，妈的，我快二十岁才第一次见到了真正的棋盘，我得用冰敷后脖颈子才能止住颤抖！啊哈，算了，去他妈的吧；所以我从小到大一直没有棋盘。但我不会拿这个当借口，哈德，开膛手杰克之类的屁话。对，没错：开膛手杰克是个被误解的好人。六岁那年他得到一把叫'玫瑰花蕾'的幸运小刀，结果被人偷走了，于是杰克花了一辈子寻找小刀，但杰克有个愚蠢的念头，他觉得小刀藏在某个人的喉咙里。喂，你信这种鬼话吗？现在你可以回答了。"

"不信。"凯恩道。

"你在这方面挺有意思的。我那个街区有些孩子喜欢折磨毛毛虫，切开，点火烧。知道他们为什么这么做吗？因为他们是混账东西。麻木不仁的残暴成年混账小时候也都是混账东西。给我找一个喜欢折磨毛毛虫的小孩，我给你找一个王八养的混球。你同意吗？我渴望赞同，我需要赞同。我愿意用赞同换果酱卷加酸奶。顺便问一句，你注意到了吗？石斑鱼从不洗澡。因为那样我们会看见他腿上有毛毛虫的血迹！憎恨世界的混账东西！他是标准的圣诞老人：每年圣诞节跳上雪橇，送凝固汽油弹给穷人。狗娘养的。有一天，一条卷尾巴的流浪笨狗跑过来，呜呜咽咽地舔他的鞋子，石斑鱼立刻掏出弹簧刀，一刀削掉狗尾巴，险些连根砍掉，狗乱叫发狂，石斑鱼却说他在帮狗除虱子，因为尾巴是虱子汇聚的地方。妈的，毛毛虫的血都淹到他膝盖了！知道吗？他曾经给《时代》杂志写稿，有好几年他说话特喜欢拿腔拿调，比方说在他妈的餐厅里总是说什么'上过甜瓜后，一份葡萄'。然后他还喜欢说'嘻嘻哈哈'。但那是以前了，哈德。如今他只有喝了酒才那么说话。这倒霉蛋从前是上校，你知道吗？有次在麦克阿瑟面前说了句'嘻嘻哈哈'，结果被踢回了少校。喂，醒一醒。没睡着吧？"宇航员扭头看向凯恩。

"嗯，我醒着呢。"凯恩说。

"现在我确认了，但你刚才脑袋一点一点的，凯瑟琳·恩萧①。"卡特肖翻个身躺下，然后问，"你对角蝰怎么看？"

---

① 英国女作家艾米莉·勃朗特所著小说《呼啸山庄》中的悲剧人物。

"角蝰？"

"你就不能直截了当回答一次问题吗？"

卡特肖从口袋里掏出棒棒糖，吸溜吸溜地舔了起来。

"卡特肖，你为什么戴那个臂章？"

"因为我在哀悼。"

"哀悼谁？"

"上帝。"卡特肖坐起来，脱掉脚蹼扔在地上。"没错。"他扔掉棒棒糖，"我不信上帝活着而且住在阿根廷俱乐部。"卡特肖站起来，气冲冲地踱来踱去。"狗娘养的！别再谈上帝了！到此为止，够了。咱们继续谈精神病学。"他在桌前停下。"倒是提醒了我。你算什么精神病学家！甚至没问过我有没有强迫症状。"

"你有吗？"

"对，我有。我恨脚。基督在上，我看见脚就受不了。既然所谓的上帝那么美妙，怎么会给我们脚这么丑陋的拍地玩意儿！"

"好让你走路。"

"我不想走路，我想飞！脚是畸形而可耻的。"卡特肖看着自己光着的脚，走到沙发前坐下，重新套上脚蹼。"要是上帝确实存在，"他说，"那祂肯定是个卑鄙小人。或者更有可能是一只脚，一只全知全能的大脚。你认为我这么说是亵渎神圣吗？"

"是的，我这么认为。"

"我认为我那个脚字的 F 要大写。①"

宇航员打量着凯恩，像是在评估他。"多少次？"最后他问凯恩，"一个人能折断一根烤肉扦子多少次？"他在沙发上站起来，去摸挂在墙上的野猪头，他抓住两颗獠牙，在半空中微微地前后摇摆。"万物可分，"他保持着这个姿势继续道，"扦子也可分。那么，我能从中折断它多少次呢？次数无限还是有限？假如答案是无限，那么钎子必然无穷长，这简直是驴放屁，为什么不面对现实呢？要是我只能有限次地折断扦子……假如我是大脚，能够为所欲为，最后就会得到一段再也无法折断的扦子，也就是说得到了不可分的一段扦子。可它没有组成部分，因此也就不可能存在！我说得对吗？不对。我在你的眼神里看见了。你认为我是个发疯的老东西。"

"没那回事。"凯恩答道，"你只是没能分清现实与思想阶次的区别。在思想中，或者理论上，你二分扦子的次数没有限制，但对于现实物质的阶次而言——换句话说，从实践角度而言，一次次二分扦子，过了某个阶段，扦子会变成能量。"

"大脚在上，你确实睿智！"宇航员低声惊叹。他双眼放光，拿着一只脚蹼站起来，到桌前换掉了凯恩面前的圣牌。"你过关

---

① 英语中，为了表示对神的尊敬，上帝（God）一词的首字母 g 在任何时候都要大写。结合上文，卡特肖在这里说脚（foot）这个词的首字母 f 要大写，是对神的一种亵渎。

了。"他说，"现在你能证明一下大脚的存在吗？"

"我只是相信上帝存在。"凯恩说。

"你能证明吗？"

"对这个问题也有一些理性的探讨。"

"哦，和我们用来给丢原子弹炸日本人正名的那些理由是一码事吗？假如是的，那就去死吧！"卡特肖俯身把那一桶泥土铺满了凯恩的书桌。"来，你在泥土上画图。"他一头扎进沙发。"最好别让我失望。"他警告道，沙发垫闷住了他的声音。

"有个生物学上的观点。"凯恩尝试道，"不完全算是证明……"

卡特肖侧过身，夸张地打个哈欠，看看手表。

"要让地球上自发出现生命，"凯恩继续道，"蛋白质分子必须出现某种特定的非对称构型，九点构型。但根据概率理论，要让这么一个分子纯粹随机出现，需要的物质数量比已知宇宙的全部原子加起来还要多万亿个万亿倍；单从时间角度考虑——"

"又扯到时间上来了。"

"单从时间角度考虑，对地球这个量级的物质来说，这个概率大概需要10的两千多亿次方年——数字里的零多得要是印成书，连一本《卡拉马佐夫兄弟》都放不下。这只是一个分子。要让生命出现，你需要几百万个这样的分子差不多同时出现。我觉得这种说法太扯了，还不如相信上帝呢。"

卡特肖坐起来。"说完了？"

"说完了。"

卡特肖站起身，走到门口，转过身，神秘莫测地说道："庸俗的石斑鱼吃未受祝福的鹿肉。"他又转过身，大步走出了凯恩的视野。

铁锤猛砸石膏的巨响使得墙壁随之共鸣。凯恩走出办公室。他在房门的右手边看见了费尔班克斯。费尔班克斯头戴高空飞行的头盔，手持短柄大锤，怒视着墙上的一个窟窿。石斑鱼冲向他，嘴里骂着："我藏起来了，妈的，我明明藏起来了！"他抢过铁锤，吼道，"你他妈是怎么找到的？"

"我怎么能告诉你呢？"费尔班克斯说，抬手又夺过铁锤，对石斑鱼说，"请您站远点儿。"

"你这个小——"

石斑鱼抬起胳膊像是要揍他，凯恩适时介入。

"石斑鱼少校！"

"长官，他——"

"我不在乎他干了什么，但无论什么时候，出了什么事情，你都不许对这些病人动手。"

"可是，上校——"

石斑鱼正要继续辩解，但看见凯恩的眼睛后，他顿时软了下来。石斑鱼后退一步，硬邦邦地敬礼，转身返回了他的房间。

凯恩和蔼地望着病人。"你是费尔班克斯上尉。"他说。

"今天不是。"

"对不起，但我确定你——"

"今天不是。听懂了吗？多重人格。'我的家里有许多住的地方。'①"

"是的。"

"我是弗朗兹·冯·泡利博士。"

凯恩像父亲似的搂住他的肩膀。他瞥见卡特肖在大堂的另一头从宿舍门口望着他们。凯恩看着墙上被砸出的窟窿说："你为什么要这么做，费尔班克斯上尉？"

"您说什么？"

"你为什么要这么做？"

"我以为你在开玩笑呢。"病人淡蓝色的双眼里透出炯炯目光，一张天真的胖脸应该出现在大学新生的下午茶会上。"我这么做，"他答道，"是为了研究科学和核物理，因为我深信我们能穿墙行走！不止是我，我指的是所有人。警察。普通人。纳什维尔的居民。因为空隙！我身体的原子之间存在空隙，你的身体也一样：不介

---

① 出自《圣经·新约·约翰福音》14章2节。原文为"在我父的家里有许多住处；若是没有，我就早已告诉你们了。我去原是为你们预备地方去"。

意我谈论个人问题吧？不介意吧？要是你觉得不愉快，千万记得告诉我。"

"你接着说。"

"你头疼？"

凯恩刚才皱起了眉头，像是突然感觉到刺痛的反应，他垂下头，捏住鼻梁。他闭上眼睛。"不，"他轻声说。

"那就好。听我说，奥妙就在这面墙的原子间的空隙宽度里，比起原子本身的尺寸，空隙简直宽得吓人！就像……怎么说呢？……地球到火星的距离，而——"

"请说重点，谢谢，费尔班克斯上尉。"凯恩的声音里有着苦闷，但并不冷酷。

"急什么？"费尔班克斯问。"原子又不会乱跑。妈的，它们哪儿都不会去。"

"是的。"

"上校，原子能被砸碎，却不会飞！"

凯恩似乎又感觉到了痛苦。

"你要去嗯嗯吗？"费尔班克斯问道，"上大号？"

凯恩摇摇头。

"听我说，没什么好羞耻的，我们只是凡人。"

凯恩松开搂住病人的手。"告诉我，你为什么砸墙？"

"你很顽固。我喜欢，顽固但公正。听我说。空隙——那面墙的原子间的广阔空隙，你身体的原子间也同样有！因此，穿墙无非是让我身体的原子间的空隙对准墙壁原子间的空隙！混账固执该死的——"

费尔班克斯再次挥动铁锤，结束他的陈词。石膏向四面八方飞溅。他显得闷闷不乐，盯着刚敲出的窟窿，喃喃道，"什么都没有。"

然后他望向凯恩。"我一直在做实验，明白吗？我拼命集中精神。我想把全部的意识力量投射到我身体的原子上，让它们混合、重新排列，恰好对得上墙壁原子间的空隙。就像现在。我只是心急了一点，结果失败了——惨败！"

他再次挥动铁锤，墙上又多了一个窟窿。"自负的傻逼，"他嘟囔道。

"你为什么要砸墙呢？"凯恩问。

"我在惩罚原子！我要杀一儆百！一堂实物教学！玩真的！等其他原子看见这个下场，明白我不是在瞎胡闹，哈！它们就会给我乖乖排好队了！它们会让我穿过去！"费尔班克斯用又一记重锤结束了他这番话。"自由自在的下作胚！"他瞪着墙壁说，"要么听话，要么滚蛋！"

"可以吗？"凯恩问，轻轻地从病人手中接过铁锤。

"当然！"费尔班克斯吼道。"砸上去！享受快乐！也许它们会听陌生人的话！"

"我有别的念头。"

病人大怒，抓住铁锤。他拽了一下，然后使劲一扯，但铁锤在凯恩手中纹丝不动。他低头看一眼铁锤，然后抬头望着凯恩，眼神有点困惑。"你手劲很大。"他最后说。

"我认为，"凯恩说，"你的问题也许来自铁锤的属性：核子间的不平衡影响了离子。"

"有意思的理论。"费尔班克斯说。

"介意我留下铁锤研究一下吗？"

费尔班克斯突然开始尖叫。他疯狂地扑上来，想抢过铁锤。克雷布斯和克里斯蒂安跑过来按住他。他处于歇斯底里发作状态。

"必须给他用药。"凯恩说。

"得找到费尔上校才行。"克雷布斯答道，"我没有看见他。"

"还有谁能打开药品柜的锁？"

"谁都不能。"克雷布斯说。费尔班克斯继续尖叫，双眼凸出。

"这儿连个卫生员都没有？"凯恩问。

"没有，长官，自从出现盗窃行为后就没有了，长官。"

"偷药品柜？偷了什么药？"

"上校的吉百利水果和坚果巧克力，长官，药品柜是他放零食的地方。"他顿了顿，又说，"因为温度适合，长官。"

凯恩放开铁锤，费尔班克斯平静了下来。"说不定还会再犯病，"凯恩轻声说，"你们最好去找到他。"

"是，长官。"

费尔班克斯一脸迷糊。"他妈的从哪儿来的铁锤？"他问。凯恩从他手中接过铁锤，克雷布斯和克里斯蒂安架着病人离开。凯恩站在那里，低头望着手里的铁锤。他突然紧紧抓住自己的头部。

石斑鱼站在二楼的栏杆前看着他。凯恩抬起头望向石斑鱼，像是知道有人在看他。石斑鱼快步走回卧室。凯恩回到办公室，再次沉浸在阅读中。外面还在下雨，某处有座钟敲响了九声。凯恩抬起头望着窗户，大雨敲打着玻璃。有人走进了房间——是克雷布斯。

"费尔班克斯上尉没再犯病，长官。"

"那就好。费尔上校呢？找到他了吗？"

克雷布斯犹豫片刻，然后说道："没有，长官。但他没有登记外出，所以肯定在营地内。"

凯恩绷紧了脸，露出片刻痛苦的神情，然后说："要是找到他，就叫他立刻来见我。我有事要和他谈。"

"是，长官。"克雷布斯没有离开，他站在那里望着凯恩。

"没别的事了，克雷布斯，谢谢你。"凯恩最后说。

"关于费尔上校，长官。"克雷布斯说。

"什么？"

克雷布斯犹豫了一下。"我认为他在包庇病人，长官。"

"什么意思？"

"呃，我认为有些事情严重伤害了他，长官。你知道的——身患重病的人，在他面前死去的患者。我不希望你认为他是坏人，长官。我认为他这么做是为了不让自己去想那些事情。"

凯恩盯着他看了一会儿，然后按着额头说："我明白了。"

"你头疼吗，长官？要是需要的话，长官，我可以拿些阿司匹林给你。"

"谢谢你的好意，克雷布斯，我没事。晚安。"

"晚安，长官。"克雷布斯说。

"出去请帮我关上门。"

"好的，长官。"

凯恩继续阅读和记笔记。几个小时过去了。费尔没有出现。滂沱大雨砸在窗户上。凯恩眯起眼睛盯着正在阅读的文字，他使劲眨眼，努力想看清楚。最后他实在睁不开眼了，把脑袋搁在叠起的手臂上，沉沉睡去。

他在做梦。大雨。丛林。他在被追杀。他杀了什么人。谁？他跪在尸体旁。他把尸体翻过来，但尸体的头部依然在地上面朝下，鲜血从无头的脖子中汩汩涌出。一个眉头有 Z 字伤疤的男人对他说：“天哪，上校，咱们快离开这儿！”他凭空抓出一只小白鼠，小白鼠变成了染血的白色百合花。凯恩来到了月球表面。右手边是登月舱，一名宇航员——卡特肖——在走动，在半空中飘浮，最后向他左手边十字架上的耶稣像哀求地伸出双臂。耶稣像拥有凯恩的面容。梦境变得清晰。他梦见他在办公室醒来，比利·卡特肖坐在书桌上，目光炯炯地盯着他，点燃了香烟。凯恩问：“怎么了？你有什么事？”

“是我的兄弟，雷诺中尉。你必须帮帮他。”

“帮？怎么帮？”

“雷诺被邪灵附体了，哈德。他会半夜腾空而起，还会和狗说话，这可不怎么符合自然。我要你驱赶他的恶鬼。你是上校，是天主教徒，是脱去法衣的修士。”

雷诺突然出现在房间里，离地三英尺飘浮在半空中。他身穿高空飞行服。他望着凯恩，张开嘴，发出犬吠声。

凯恩用一根手指去摸颈部，发现他围着罗马领^①。他感觉到一阵欣喜。

就在这时，梦境的性质再次改变，似乎不再是个梦了。卡特

---

① 罗马领（Roman Collar），天主教神职人员脖子上戴的白色衣领。

肖死死地盯着他，烟头在昏暗处闪着红光。"你醒了？"幻影说。

凯恩动了动嘴唇，想说"是的"，但发不出任何声音。他在脑海里说（或想？）："是的。"

"你真的相信死后还有灵魂吗？"

"相信。"

"我是说'真的'相信吗？"

"对，我相信。"

"为什么？"

"我就是知道。"

"盲目的信仰？"

"不，不是那样；完全不是。"

"但你怎么知道？"卡特肖追问道。

凯恩停下来，搜肠刮肚组织语言。最后他说（或想？）："因为每个活过的人都充满了渴求完美快乐的欲望。但假如死后没有灵魂，这种欲望就不可能得到满足。完美的快乐，想要完美，必须保证这种快乐永远不会中止，也不会被夺走。但活人不可能得到这种保证，死亡本身就与它矛盾。但大自然为什么要让每个人都拥有渴求这种不可能之物的欲望呢？我能想到的答案只有两个：要么大自然彻底疯狂而恶毒，要么尘世生活之后还有来生，对完美快乐的普遍欲望在那里能够得到满足。但在造物中的任何地方，大自然都没有显示出这种恶毒，尤其是从基本驱动的角度来说。眼睛永远是为了视物，耳朵永远是为了聆听。而普遍的渴望——我指的是毫无例外的一种渴望——必然能够得到满足。既然不能在此世得到满足，那么我认为，肯定会在其他某个地方、某个时间得到满足。你觉得说得通吗？很难理解，对吧？我认为我在做梦。我是在做梦吗？"

卡特肖的烟头亮了一瞬间。"做梦就千万别开车。"他粗声粗气地说。凯恩突然出现在摩洛凯岛①，他来治疗麻风病患者，但这里还有一个孤儿院，一位圣方济各会僧侣在对一群孩童训话，孩童身穿军装，面容受到侵蚀，一片空白。炸弹落在摩洛凯岛上，屋顶坍塌。"出去！还来得及！快出去！"僧侣叫道。"不，我和你待在一起！"凯恩在梦中大喊。僧侣的头部与身体分离，凯恩捡起头来，热烈地亲吻它。然后厌恶地扔掉。头部说："牧养我的羊。②"

凯恩突然醒来，发出半声惊叫。他不在办公室里。他穿得整整齐齐，坐在卧室角落的地板上，并不记得他是怎么来到这里的。

---

① 摩洛凯岛（Molokai），美国夏威夷州管辖的一个火山岛，俗称"友善之岛"。
② 出自《圣经·新约·约翰福音》21 章 15—19 节，三问彼得爱主之心。

第五章

雷诺在黎明醒来，望向卡特肖的铺位。床上没有人。他穿上迷彩服，顺着铺位和衣物箱之间的过道走出宿舍。其他病人都还在睡。

　　雷诺先在大宅里寻找卡特肖，然后出去，走进浓雾中。他停下脚步，环顾四周荒芜的庭院，苦闷地喃喃自语："负担啊！ ①"他终于看见了卡特肖。宇航员在一棵云杉低垂的枝杈上，石斑鱼在集合前总是站在这棵树底下。他的两条腿夹着一桶油漆，雷诺爬上树干，撩开一段树枝。"比利上尉！"他叫道。

　　"老天爷啊，你小声点儿！"卡特肖戒备地说，"你他妈爬上来干什么？"

　　"是凯恩！"雷诺兴奋地悄声说，眼神闪亮而狂乱。他在过度呼吸。

　　"他怎么了？"卡特肖问，从油漆里捡出一根松针。

---

① 出自《哈姆雷特》第三幕第一场，全句为"谁愿意背着负担，在厌倦的生活之下呻吟喘汗。"

"比利，他根本就不是他！"

"什么意思？"

"凯恩是《爱德华大夫》里的格里高利·派克！他来管理一家疯人院，结果真正发疯的是他自己！"

卡特肖厌倦地长出一口气。连大宅里的病人也普遍认为雷诺的各种强迫症状比其他人更诡奇。他有一次报告说，某个没有月亮的夜晚，他在院子里哼着《欢乐小曲》溜达时，觉察到"上方传来的嘶嘶声"，他抬起头，窥见石斑鱼少校"蹲在一棵棕榈树的树叶间"，和一只黑白羽毛的猫头鹰咬耳朵聊得起劲。无论别人怎么说，他都不肯改口。卡特肖提醒他说宅邸地界内看不见任何种类的棕榈树，雷诺同情地看着他，和颜悦色地反驳道，"你只要有钱就能拔掉一棵树，然后某些人很容易就能填满地上的洞。"

从那天开始，谁也不肯搭理雷诺。摆脱他的纠缠只有一个办法，那就是转身走开。

卡特肖向下看，他离地面有二十英尺。

"凯恩就是格里高利·派克。"雷诺重复道，"昨天半夜我醒来，牙齿里嵌着曲奇饼和葡萄干什么的，于是我去医务室找牙线，你猜我看见谁坐在那儿，像是神游天外还是怎么的？"雷诺模仿当时的场面，双手做着恍惚但明确的动作：捡起东西，扔下东西，捡起东西，扔下——

卡特肖打断他的表演，他指着地面叫道："下去！给我下去！像熟透的芒果似的掉下去！"

"还有一种可能性，比利。药品柜的门敞开着，他说不定是嗑了什么。"

"滚开！"

"很多医生药物成瘾。"雷诺讲着他的道理，"很多精神病学家有严重的心理问题。你知道的。他们的自杀率比任何职业都高，这是事实，比利，你尽管去查。"

卡特肖沉思片刻，疑惑地挑起一侧的眉毛。"什么时候发生的？"他问道。

"凌晨三点左右，我发誓是真的。听我说，还有最带劲的呢，无法抵赖的证据，那就是他的行为！和《爱德华大夫》里的格里高利·派克一模一样，比利，完全就是电影情节！我去找了把叉子，明白吗？我去餐厅拿来了叉子和桌布！我把桌布放在他面前，用叉子划出滑雪的痕迹，他就昏过去了！完全就像电影里的格里高利·派克！"

卡特肖指着地面，咬牙切齿地说，"下去！听见吗？滚——"他突然停下，用手指压住嘴唇，另一只手捂住雷诺的嘴。他望向下方，倾斜油漆桶，油漆悄无声息地流淌出去。

石斑鱼在底下吼道："狗娘养的！"

"我能说话了吗？"雷诺问。

"好了，说吧。"卡特肖满意了，笑得分外灿烂。

"有一点我还忘了说：凯恩的大腿上有一只三个脑袋的猫。他好像在爱抚它。"

"下去！"

"你说得对，猫趴在他的脑袋上。"

"下去！"

雷诺看着石斑鱼，"我想我还是上去吧。"

费尔走进员工餐厅，餐厅挨着厨房，房间里有个壁炉。他在凯恩对面坐下，餐厅里只有他们两个人。

费尔兴高采烈，容光焕发，向拿着咖啡壶的凯恩伸出咖啡杯。

"听说你在找我。"费尔说。

"没错。你去哪儿了？"

"随便散了散步。"

"冒着雨？"

"下雨了吗？"

"昨天夜里，费尔班克斯需要注射镇静剂。请多配一把药品柜的钥匙。我没办法，只好砸破了柜门。"

第六章

三月二十三日。凯恩坐在书桌前，石斑鱼冲到他面前，手里拿着一封信。"你看这个，长官。"石斑鱼把信递给凯恩，信封拿在手里。"上校，你读一下。请你读一下好吗？"凯恩看着打字机打出的信件。他读道：

　　　　致我亲爱的，我的挚爱，我隐秘燃烧的爱火：我多么渴望那个时刻的到来，我要撕开面具，解开我苦痛、流血的心。我最最亲爱的，我只见过你一瞬间，不，半瞬间，但我知道我已是你的奴仆。美妙的造物啊，我爱慕你！你是尼尼微的檀香木。你是月亮上的松露！在我的梦里，我是个疯子！对！我扯破你的衣衫，然后是你的胸衣，然后是你的眼镜，我要——

　　凯恩从信纸上抬起头。"这是什么意思，石斑鱼少校？"
　　"你看签名，长官。"石斑鱼按捺住他面对凯恩时的不安。签名是"马文·石斑鱼少校。"底下是一条附言:"你知道去哪儿找我,宝贝儿。"然后是中心的电话号码。

"长官,今天上午接到一个又一个电话,都是收到这种信的娘们儿打来的。"石斑鱼叫道。

凯恩举起信纸。"你怎么会有这个?"他问。

"呃,她们中有一些——"

"谁们?"

"呃,我指的是那些女人,长官。"

"什么女人?"

"呃,她们凑巧今天来了这儿,她们——"

"'凑巧'?"

"呃,不是的,长官。我请她们——声音好听的那几个——结果——"

"石斑鱼?"

"她们都很难看,长官!难看得像是罪孽!"石斑鱼突然释放出了苦闷和愤怒,"我认为写信的王八蛋需要惩罚和约束!"

"是谁写的?"

"上校,你看信封。"石斑鱼把信封放在他面前,"这儿只有一个人做得出这种事!"

信封上的地址似乎是复写纸印出来的,字迹模糊,让人觉得像是大批商业信函。收信人一栏只写着"住户。"

"长官，你必须和他谈谈！"石斑鱼苦恼得无以复加。

凯恩说："好的。我要见他。带他来。"

. . .

病人宿舍的两侧整整齐齐地摆放着洗脸盆、行军床和衣物箱。卡特肖在中间的过道里紧张兮兮地踱来踱去，几个病人还在写信。费尔班克斯走近他，手里拿着一封信。"这封是传世杰作，"他说，"写得最好的有奖吗？"

"莱斯利，天国会奖赏你的。"卡特肖暴躁地说。

"我觉得我们需要一点鼓励。"

"莱斯利·莫里斯，我刚给了你一个。"

"你的鼓励散发着社会主义的臭味。吓死人的社会主义。"

费尔班克斯迅速握住他的剑。

"你敢对比利上尉拔剑？"

"我只是握住了剑柄。"

雷诺气喘吁吁地冲进宿舍，横在两人中间。"比利上尉，我又看见了！"

"看见什么了？"

"和石斑鱼说话的猫头鹰。它戴着派对帽子，你一眼就能看见。"

"去看《泰特斯·安德洛尼克斯》^①，"卡特肖怒道，"主演这部戏。给自己烤个派。"

"这是亵渎！"

雷诺看见石斑鱼从背后逼近卡特肖，他像皇帝似的指着卡特肖，对石斑鱼命令道："卫兵！抓住他！"

"《铁面人》！"卡特肖叫道。他转过身，看见石斑鱼，露出愉快的灿烂笑容。"他妈的来得正好。"他说。

石斑鱼领着卡特肖走进凯恩的办公室，凯恩把收件人标为"住户"的那封信拿给他看。"是你写的吗？"他问。

"我们非要演这么一出吗，哈德？"卡特肖伸展双臂，摆出被钉十字架的姿势，一条胳膊打在了石斑鱼脸上。"对！这封信是我写的！枪毙我吧，因为我把希望给了这个老处女！把爱给了缺少爱的人！把享乐给了匮乏的人！不要在乎太空竞赛，哈德！把我喂给巨蚁吧！来！让五百个笔友变成寡妇！"

"乐意之至。"石斑鱼低声道。

卡特肖凑近凯恩，压低声音耳语道："长官，我注意到这儿有一种异常的气味，既然你是上校，长官，那么过去肯定是少

---

① 《泰特斯·安德洛尼克斯》，莎士比亚创作的第一部悲剧。

校——"

石斑鱼凶恶地逼近他,卡特肖蹿到凯恩背后,嘴里喊道:"别让他碰我!我是疯子!"

"你确实是疯子!"石斑鱼继续走向卡特肖。

"石斑鱼!"凯恩斩钉截铁地叫道。

石斑鱼停下了。"是的,长官!"

卡特肖弯腰假装驼背,用嘶哑的斯拉夫口音说,"哈!他们想杀伊戈尔!但现在伊戈尔还活着,他们全死了!"宇航员的身体微微摆动。

石斑鱼再次逼近他。

"石斑鱼少校!"

"是,长官!"石斑鱼停下了,他气得浑身颤抖,眼睛里透着血丝。

"你喝酒了吗?"凯恩静静地问。

石斑鱼吼道:"是的!"他异常兴奋。

"尽量控制住自己,少校。"

"但是我的上帝啊,你应该见一见那些娘们儿!难看!真难看!耶稣基督啊!"

凯恩站起身。"石斑鱼少校——"

铁锤砸墙的声音震得房间颤动,石斑鱼顿时脸色苍白。"他是从哪儿搞到的？"他叫道，恶狠狠地望向卡特肖，"你！是你给他的！"石斑鱼看见凯恩眼中的那种力量。他绝望而苦恼得浑身发抖，几乎哭了出来。"他留着吧！"他用颤抖的声音说，后退走出房间。"听见了吗？鬼东西他留着吧！随便他留着吧！"石斑鱼逃出了凯恩的办公室。

卡特肖望着他的背影，皱起眉头。"呃，我可真是个狗娘养的。"他轻声说，转过身，听见凯恩在和费尔打电话。

"尽量帮助他。"凯恩说，坐回椅子上，"也许要用镇静剂，但盯紧他。"他顿了顿，然后说，"不——不用冰敷。"他挂断电话。

卡特肖悄悄走到桌前。"你是格里高利·派克吗？"他问，"这又是哪一出？"

凯恩没有回答。

卡特肖的眼睛眯成一条缝。"骄傲的公牛，我们会告诉你妄自尊大是什么样的错误。"他从口袋里抽出一份文件，摊平拍在凯恩面前的桌上，命令道，"来，签了这份自白书，哈德！或者格里高利！或者泰伯！或者随便你是谁！"

凯恩看着那张纸，说道："这是空白的。"

"当然是空白的，"卡特肖吼道，"我还没确定你是谁呢。听我说，我这是在帮雷诺，"他解释道，"你就签个字吧，内容回头再填。

快。"他催促道，"恳求法庭开恩。袋鼠们 ① 会很仁慈的，不全是坏蛋。你就随便签个字，我们拿给雷诺看，说不定大家都能稍微清静点儿。"

"我要是签了字，你能不能也来个自白？"

"你说。"

"你为什么不肯去——"

问题还没说完，卡特肖就开始咆哮，"你对我说话时只有寂静！"他后退一步，露出不祥的表情。"我知道你是谁。"他警告道。

"我是谁？"

"你是脱掉法衣的修士。"卡特肖栽倒在沙发上，摊手摊脚地躺着。他说："我要你听我的忏悔，无脸神父。"

凯恩柔声说："我没有神职。"

"那你到底是谁？"

凯恩瞪着他，像是想到了什么出乎意料的事情。他摸了摸领口。

"我是凯恩上校。"

"你是格里高利·派克，蠢猪，任何人说别的你都不要相信！听我说，你要是被俘，他们就会给你洗脑，让你相信你是阿道

---

① 袋鼠法庭指私设的法庭。

夫·门吉欧甚至沃伦·比蒂。说起来，我很乐意当沃伦·比蒂！"

"我不明白为什么。"凯恩说。

"你当然不明白！因为你是格里高利·派克！"

"我明白了。"

"明白个屁。你这居高临下的傲慢贱人。"卡特肖突然坐起来，"你根本不是格里高利·派克，你是脱掉法衣的修士。"他厌恶地斥责道，"想起来了，老家伙，我有个很让人不安的消息要告诉你：我能证明大脚确实存在……你要我现在就证明给你看，还是想在我告诉美联社之前给教皇发个电报？因为消息一旦传开，哈德，我警告你，就再也不会有披着法衣的跑来跑去了。你现在还是穿上吧，让他们相信你的虔诚。"

"我想听听你的证据。"

"穿上法衣，哈德。我不想见到你受伤。"

"让我听听你的证据。"

"你这个疯狂、顽固的小子，哈德。回头别哭哭啼啼来找我，说你连扫圣坛的工作都找不到。"卡特肖站起身，模仿网球发球，"听说过'熵'吗？你敢说那是一匹赛马，我就打残你。"

"熵，"凯恩说，"和热力学定律有关。"

"脑子不错嘛，哈德。也许太不错了，对你反而没好处。我要往哪儿说来着？"卡特肖问。

"你告诉我。"

"往宇宙要去的终点。往最终的热寂。知道热寂是什么吗？唔，哈德，我来告诉你吧。我是画外音。那是物理学的基础屁话之一，是无法逆转的基础屁话，是说有朝一日的某一天，这整个该死的派对会终于结束。大约三百亿年后，宇宙里的所有物质粒子将会彻底无序。没有规律，完全没有规律。一旦宇宙丧失规律，它就会维持某个特定的温度，一个恒定不变的温度。因为这个温度永远不变，宇宙间的物质粒子就永远不可能组织起来。宇宙不可能重建。没有规律，它会永远保持没有规律。永远，永永远远。有没有吓得你灵魂出窍啊，哈德？你的法衣在哪儿？有多余的吗？给我一件。我不该在你面前说这些。我发誓，让我精神紧张。"卡特肖停止手舞足蹈，一屁股坐进沙发，蜷缩成胎儿姿势。

"请接着说。"凯恩催促道。

"你接受我的物理学屁话吗？"

"嗯，我接受它。"

卡特肖抬起头怒目而视。"不要说'它'，可以吗？说'屁话'。说'我接受你的基础屁话'。"

"我接受你的基础屁话。"

"很好，现在听我接着说。"卡特肖的语速慢了下来，说得越来越平稳。"这件事的发生，宇宙到达最终的热寂状态，只是个时间早晚的问题。等宇宙到达了最终的热寂状态，生命永远不会重新出现。假如你听懂了，哈德，请用爪子挠地两下。"

"我听懂了。"

"好。那么，咱们做个小小的二选一判断。要么物质——物质或者能量——是永恒的，始终存在，要么物质并非始终存在，时间有一个明确的开端。来，咱们看看应该去掉哪个选项。假设物质始终存在，同时请记住，哈德，热寂的到来只是个时间问题。我说的是三十亿年吗？比方说是一百亿亿年好了。我不在乎究竟需要多少年，哈德。无论多少年，反正总是个有限的时间长度。但假设物质始终存在，你和我就不该在这儿——听懂了吗？我们就不该存在！热寂已经来了又走了！"

"我没听懂。"

"当然。你更愿意忏悔。给我法衣，我让你忏悔。谁也别在我的墓碑上写上'冷酷'。说我这人没原则好了，哈德，来忏悔吧。"

"上尉——"

"还是沃伦吧。叫我沃伦。"

"我认为你的观点，"凯恩说，"缺少一个环节。"

"我的下一个角色：人蝇。"卡特肖从沙发上跳起来，飞向一面墙，试着沿墙面向上跑，他认真地尝试了几次。第五次尝试失败后，他站在那里瞪着墙壁。"费尔班克斯说得对。"他气恼地嘟嚷道，"这些该死的墙有问题。"他扭头瞪着凯恩，"你的整个人生都缺少各种环节。大脚！你比金牌海豚还要蠢。听我说：假如物质始终存在，假如热寂只是时间问题——比方说，一百亿亿年——那么，哈德，热寂必定已经发生过了！一百亿亿年已经来来去去一万亿次、无数次了！假如物质始终存在，那么我们前方和后方都是无数年。因此热寂已经发生过了！但热寂一旦发生，生命就永远不可能诞生！直到永远！因此，我们怎么能在这儿聊天呢？怎么可能？不过请记住，是我在滔滔不绝地讲道理，你却坐在那儿流口水。但无论如何，我们都在这儿，你说这是为什么？"

凯恩的眼神说明他有了兴趣。"这样的话，要么物质并非永恒存在，要么熵理论是错误的。"

"什么？你否认我的基础屁话？"

"不，我不否认。"

"那么就只有一种可能性了，格里高利：物质并非始终存在。这就说明在某个时间——或者说在时间开始之前——完全不存在任何物质。那么，现在为什么又会存在物质呢？答案太简单了，连智力最低下、最微不足道的人都能理解——说的就是你。答案是某种物质之外的东西使得物质开始存在。我管这个东西叫大脚。你觉得怎么样？"

"非常有说服力。"

"问题只有一个。"卡特肖说,"那就是我连一分钟都不相信它。你当我是什么,疯子吗?"宇航员走向书桌。"你太傻了,傻得简直可爱。"他说,"这套说辞是我从贝弗利山玛利诺传教会的一面秘密墙壁上抄来的。"

"你没有被说服?"

"理智上?说服我了。但情感上没有。这就是,"他下结论道,"我的问题。"

他走到门口,转过身。"顺便问一句,"他说,"你三更半夜待在办公室里干什么?"他站在那里,等待凯恩的反应;但凯恩毫无反应,连表情都没有改变。

"你在找什么,卡特肖?"凯恩问。

"乔·狄马乔①。"卡特肖说,慢吞吞地出去了。

凯恩又在办公室待了几个小时,存心不关门。好几个病人逛进房间,各有各的离奇借口。凯恩认真观察、聆听和安慰。费尔有一次把脑袋探进来,看见雷诺在房间里,于是挥挥手又走了。雷诺在征求凯恩的意见,用两条哈巴狗扮演罗珊克兰兹和吉尔丹斯坦②"会不会显得太可笑"。

吃过晚饭,凯恩在大堂散步,似乎是想鼓励病人接近他。他端

---

① 乔·狄马乔(Joe DiMaggio),美国著名棒球手。
② 罗珊克兰兹和吉尔丹斯坦是《哈姆雷特》中的两个朝臣角色。

详了一会儿画架上的几幅新油画。他耐心等待。但卡特肖没有出现。十点，凯恩上楼回卧室，洗漱准备睡觉。但访客络绎不绝，都是带着问题和不满来找他的病人。最后来的是弗洛姆和一个叫普莱斯的。

"能和你谈几分钟吗？"弗洛姆站在门口问。

"当然可以。"

"我想上学，长官。我能做到吗？我想实现我的人生抱负。当然，是等我出去以后。但离了梦想我可活不下去，长官。那是我从小的梦想。我今年三十五岁，不过去上学也还不算晚。我能现在就去上吗？也许参加'鞋带计划①'，上校？"

凯恩问他接受过什么教育，问他的学分够不够他申请医学院。

"医学院？"弗洛姆诧异道，"不，我想拉小提琴。我想像《银海香魂》里的约翰·加菲尔德②那样拉琴。我想表演那一幕。我要人们以为我只是贫民窟长大的小子，然后突然来这么一手！我拉小提琴，震得琼·克劳馥③和她那帮傲慢的有钱朋友没话说。我一

---

① 鞋带计划（operation bootstrap）20世纪40年代起在波多黎各地区实行的经济发展计划，使该地区迅速脱贫致富。

② 约翰·加菲尔德（John Garfield, 1913—1952），美国著名影星，擅长出演工人阶级角色。在影片《银海香魂》（Humoresque, 1946）中，他有多段精彩的小提琴演奏，但实际上这些演奏是由著名小提琴家艾萨克·斯特恩（Isaac Stern, 1920—2001）在幕后操刀的。

③ 琼·克劳馥（Joan Crawford, 1904—1977），美国好莱坞黄金时代的著名女演员，《银海香魂》的女主角。

直想表演那一幕。"

凯恩对他很和善。

普莱斯比较难应付。他是个瘦长的金发男人，眼窝深陷，憔悴苍白的脸上射出激光般的视线，他大摇大摆闯进凯恩的卧室。

"我要我的飞行腰带。"他命令道。

"你说什么？"

普莱斯厌恶地别开视线。"好的，好的，老一套，老掉牙的那一套。天哪！"他转身面对凯恩，说话时像是压抑着恼恨和滔天怒火，他的声音越来越响，越来越挑衅。"对，我要我的飞行腰带，可以吗？对，是的，你根本没听说过。是吗？狗屁！现在请发发善心，承认你能读我的心！承认我的飞船坠毁在金星上！承认这就是金星，你是金星人，你非法入侵我的思想，企图让我相信我还在地球上！我不在地球上，你不是地球人！我站在这儿，真菌都他妈淹到屁眼了。"普莱斯吼道，"而你是一颗巨型大脑！"他突然换回哄骗的语气。"算了，来吧，把飞行腰带还给我，我不会用它逃跑的，我发誓！"

凯恩问他为什么要飞行腰带，普莱斯的语气又变得尖酸怨毒。"我想男扮女装演真菌版《彼得·潘》里的丁当小仙女。不行吗？高兴了吧？快说，到底藏在哪儿了？"

"很快就找到了。"凯恩温和地说。

"但为什么会不见了呢？"普莱斯问。他像密谋似的凑近凯恩，轻声说："听！名叫卡特肖的大脑说你根本不是一颗大脑。他说你其实叫《西比拉书》①。是真的吗？"

　　"不是。"

　　"该死，我能相信谁？"普莱斯叫道，他压低了声音，"听我说，他想和我做交易。他说只要我把我们星球上的民用收音机生产工厂的坐标给他，他就给我腰带。他想轰炸那家该死的工厂。但我的忠诚不可动摇。明白吗？我说不行，你会感觉受到了伤害。现在你也给我点好处吧，王八蛋！"普莱斯的声音又变得响亮而尖细，"帮我这个忙，否则我就想办法弄死你，让你得上终极偏头痛！腰带在哪儿！"

　　"我们很快就会有的。"

　　"你当我是什么，热敷布吗？基督作证，你以为政府为什么要选我？因为我的视力在空中特别好？我听够了各种各样的狗屁和大话！明白吗？二十四小时内交出腰带，否则你就有麻烦了！现在你去裹上蕨菜叶子或者你们睡觉要裹的天晓得什么鬼东西吧！我要封闭我的意识了！"

　　普莱斯走了出去，凯恩筋疲力尽地上床躺下，用胳膊肘遮住

---

① 《西比拉书》(*Sibylline Books*)，公元前古罗马帝国的一部预言书，已经失传。

眼睛。他立刻陷入沉睡，开始做梦：大雨。丛林。额头有 Z 字伤疤的男人。凯恩又跪在一具尸体旁，那位方济各会神父。有人在追杀他，危险每过一秒就近一些。有伤疤的男人低头看着他。他看着双手：手握一根染着鲜血的钢线的两端。"上校，咱们快离开这儿，咱们快离开这儿，咱们快——"

惨叫声突然刺入梦境，凯恩不由惊醒，直挺挺地坐了起来。他一阵晕眩。有人需要他。他讶异地发现已经是早晨了。他再次闭上眼睛。有人轻轻敲门。他疲惫地站起身，走过去开门，以为会是哪个病人。敲门的是费尔。

"请进。"凯恩说。

费尔走进房间。

"出什么事儿了？"凯恩问。

"事儿？"

"对，什么事儿？我能帮忙吗？"

费尔仔细地打量他，然后摇摇头，坐进床边的沙发椅。"不，没事，就是想过来看看你过得怎么样。"

凯恩在靠近费尔的床沿上坐下。费尔穿着卡其布衬衫和长裤，他点燃香烟，甩灭火柴，盯着凯恩说："天哪，你气色很差。没睡觉？"

"很晚才睡。总有病人带着问题来找我。"

"那就锁上门呗。"费尔说。

"不行，"凯恩的反应很激烈，"只要他们需要，随时都可以来见我。"

"喂，朋友，能听我说两句吗？"费尔说道，"我忍不住要怀疑，他们不停来敲你的门都是计划好的，就是为了让你相信他们有病，而且是真的有病。我告诉你，我刚来的第一天，他们也这么对待我，然后就慢慢松懈了，直到你出现，他们开始用这套办法折磨你。"

"我明白你的意思了，"凯恩喃喃道，"对，我明白了。"

"带头的是卡特肖，他妈的幕后黑手，简而言之，屁股上最大的一颗疮。反正我就是这么看的，你愿意怎么看是你的事。早饭吗？"

"什么？"凯恩似乎还没清醒。

"你要吃什么早饭吗？"

凯恩似乎魂不守舍，他望着窗户，外面又在下暴雨了。天色昏暗，远处传来隆隆的雷声。他闭上眼睛，垂下脑袋，用拇指和食指捏住眼角。

"有什么不对吗？"费尔问。

凯恩摇摇头。

"有什么对的吗？"

"那个梦。"凯恩喃喃道。

"什么东西？"

"我刚才闪回了一个我经常做的梦。一个噩梦。"

费尔抬起脚，扑通一声撂在搁脚凳上。"正如凯尔弗妮娅对西格蒙德·弗洛伊德说的，你告诉我你的梦，我就告诉你我的梦。"

"不是我的梦。"凯恩说。

"什么意思？"

"我说那不是我的梦。"凯恩轻声说，"是我的一个患者——以前一个患者的梦，他是个刚从越南回来的上校，不停重复做一个离奇的噩梦。这个梦和他在战场上的一段遭遇有关，至少梦的核心概念与那段遭遇有关。自从他告诉了我……"凯恩顿了顿，抬起饱受折磨的眼睛望着费尔。"自从他告诉了我，"他重复道，"我就经常做这个梦。"

"天哪。"费尔低声惊呼。

"是啊，天哪。"凯恩转开视线，"非常奇怪。"

"岂止'奇怪'。我是说，这个移情也未免移得太远了点儿吧？"

凯恩盯着他看了几秒钟，然后答道："我看现在告诉你也没什么了。"他低头看着脚下的地毯，"是啊，都过去了，有什么不行呢？他是我弟弟。"

"那个患者？"

"对。"

"啊哈。双胞胎？"

"不是。"

"唔，不过还是可以解释你的状况。"费尔说，"你们的心灵有联系。你们是兄弟，非常亲近。"

"不，并不亲近。"

"怎么可能？"

"费尔，你有没有听说过'杀手'凯恩？"凯恩直视费尔的双眼。

《巴克·罗杰斯》①。费尔嘟囔道。

"不，不是那个'杀手'凯恩，我说的是海军陆战队的'杀手'凯恩。"

"哦，当然知道。谁不知道呢？游击战大师。徒手搏杀了四五十号人。还是八十？喂，等一等！你难道想说……？"

"那就是我弟弟。"凯恩说。

"开玩笑！"

凯恩摇摇头。

---

① 《巴克·罗杰斯》(*Buck Rogers*)，美国漫画，其中有一个角色也叫"杀手"凯恩。

"肯定是开玩笑！"费尔坐直了，表情既诧异又欣喜。

凯恩转开视线。"我也这么希望。"

"呃，听你的意思，你们合不来？"

"是的。"

"你们小时候，他抓青蛙半夜放在你床上。是这样吗？来，躺下，自由联想。"费尔嘲弄地说，"说说你的弟弟。"

"他是杀手。"凯恩说。

"他是海军陆战队队员。他深入敌方火线，完成他的任务。天哪，你居然是认真的。"费尔皱眉道，"别傻了，朋友，他是英雄。"然后，"啊哈！"他一拍大腿，"手足竞争！"

凯恩说："别提这个了。"

"你确定你知道你揽了个什么活儿吗？征兵办公室的大兵有时候很卑鄙的。"

凯恩闭上眼睛，向费尔伸出手，掌心向上，示意费尔别再说了。

"你是简·方达的朋友吗？"费尔追问道。

"我们很亲近。"

"开玩笑。"

"对，开玩笑。"

费尔点点头，站起身。"我去喝咖啡。一起？"

凯恩没有起身。"等个一两分钟吧。我要换身衣服。"

　　"嗯，好的。说起来，你弟弟怎么样了？我驻韩国的时候见过他。有段时间了，但我还记得他。他可是号人物。我们搭伴乱转来着。我很喜欢他。说真的，非常喜欢他。"

　　"他死了。"凯恩说。

　　"噢，天哪。唉，抱歉，真的很抱歉。"

　　"没关系。所以我才和你说那个梦的。"

　　费尔显得有些沮丧。"嗯，他怎么——"他打住了，"算了。"

　　他打开门，指着底下说："楼下见。"

　　凯恩点点头。

　　费尔关上门，用颤抖的手指掏出一支香烟。眼泪淌落他的面颊。

第七章

凯恩脱掉上半身的衣服，坐在医务室检查台的边缘。在费尔锲而不舍的坚持下，凯恩勉强来检查身体。

　　"有视物模糊的情形吗？有感觉像是身心失调的情形吗？"

　　"没有。"

　　费尔哼了一声，用小手电照凯恩的眼睛。他关掉手电，揣进白大褂的口袋。他抱着胳膊靠在墙上，看着凯恩说："既然你不肯接受建议，在夜间锁好你的卧室门，只在工作时间接诊，那么，医生，我建议你申请修整并调换岗位吧，处理起来用不了几天，相信我。需要的好料我这儿都有。"

　　过去这十天里，以卡特肖为首的病人夜以继日、成群结队地折磨凯恩。

　　"我是认真的，"费尔说，"你把自己逼得太狠了。实话实说，我就能做到。你需要吗？我说的是调换岗位。"

　　凯恩的眉头皱成一团。"我有什么不妥当吗？"

　　"首先，长期感觉疲惫。心率过快。你的血压换给冲锋中的犀牛还差不多。你到底想证明什么？"

凯恩垂下头，陷入沉默。他喃喃道："也许是吧。"

"也许是什么？"

"应该有一些限制。尽可能少。我会想一想的。"

"好极了，你总算还有理性。"

两个人都没有发现卡特肖在大堂里偷听，医务室的门开着，他趴在门口旁边的墙上。卡特肖听见有人下楼，连忙惶恐地走开，脸色苍白。

"领悟了什么道理吗？"费尔问，"找到了什么答案吗？"

凯恩从衣帽架上的衣架上取下衬衫。"也许是卡特肖。"他露出沉思的表情。

"他怎么了？"

"他追着我谈上帝，谈形而上的问题。"他穿上衬衫，开始系纽扣，"有些精神病学家认为所有精神症状的根源都是人无法从生活中、从宇宙中体会到任何意义。宗教经验是这种问题的答案。"

"卡特肖想要的就是这个吗？宗教？"

"他希望他父亲是阿尔伯特·爱因斯坦，希望阿尔伯特·爱因斯坦相信上帝。"

"所以这些人不是在装疯。你是这么认为的吗？我是说，你凭直觉这么认为吗？"

凯恩答道："我不知道。"

他们没有继续讨论。

第二天，凯恩单独站在大堂里，打量一位病人的油画作品，费尔走到他身旁，"哥们，你怎么样？"

"我挺好。"凯恩说，眼睛依然盯着那幅针刺穿手指的油画。

费尔朝油画摆摆头，"有什么含义吗？"

"它们都有含义。它们是通往潜意识的线索，就像做梦。"

费尔点燃香烟。"你的梦呢？"他问，"还在做吗？"

凯恩没有回答，而是说："卡特肖不画画，这就太可惜了。"他若有所思地望着费尔，仔细打量着他。惶恐的神情使得他眼睛四周起了皱纹。"昨晚我梦见你了。"他说。

"是吗？你梦见什么了？"

"我不记得了。"凯恩说，表情依然惶恐，"真奇怪。"

犬吠声让两个人同时抬起头。

"上校！"

雷诺和他的狗奔向他们。雷诺气喘吁吁地说："上校，我有麻烦了。你必须帮我一把。"

费尔说："吃个灌肠剂，明早来找我看病。"

雷诺用双手拢着嘴，说话声带着隆隆回响。"费尔医生，手术室叫你呢。去扎几针在你最需要的地方吧。"他瞪着费尔骂道，"傻逼！"然后转向凯恩，"我指的是内在动机上的麻烦，不是医学上的。我说的是哈姆雷特发疯的问题。我一直有个困惑，上校，怪物般的困惑，我希望你能一劳永逸地解决它。"雷诺皱起眉头，狗蹲坐在他身旁。"听我说，我心中有一个谜团，一个心结，一个神秘、难解的瞎扯淡。呃，介意我坐下吗？"

"请坐。"凯恩说。

雷诺坐在地板上。"那么，有些——"他突然停下来瞪着费尔，费尔正在捂着嘴笑。雷诺阴森森地说，"你为什么不去找只狍狳给它接种，费尔？滚吧，朋友。哪儿凉快哪儿歇着去。"

"咱们去我的办公室。"凯恩说。

"嗯，好。"

两人和他一起走向他的办公室，凯恩温和地催促道，"你刚才想说什么来着？"

"多可爱的人。我在说有些莎士比亚研究者说哈姆雷特装疯的时候，他实际上是真的发疯了。对吧？"

凯恩扭头看着雷诺，"有这么一说。"

"但也有莎士比亚研究者说哈姆雷特假装不正常的时候其实清醒得很。他们说他是在演戏。上校，我来找你是因为你是心理医生，也因为你是个有同情心的好哥们儿。我想听听你的意见。"

"我想先听听你的看法。"凯恩说。

"了不起的精神病学家！经典的招式！"

他们走进他的办公室。凯恩站在那儿，费尔坐进沙发。雷诺和狗站在门口。

"好，那么，"雷诺说，"咱们看看哈姆雷特的行为。首先，他穿着内衣到处乱跑。对吧？这还只是开头呢。"雷诺扳着手指计数，"然后他管国王叫母亲；说一个和蔼的老人、一个辛苦工作的好人是老糊涂；他在演出时大发雷霆；他女朋友坐在那儿看戏，他忽然对她口出恶言。她只是去看戏的啊，凭什么要听哈姆雷特的满口脏话？"

凯恩想说什么，但被雷诺打断了。

"哈姆雷特那张嘴，简直是臭水沟！全能的上帝啊，那是他的女朋友！"

"奥菲里阿。"费尔嘟囔道，吐出一口烟。

"非常好，"雷诺粗声粗气地说，"医生的保密义务去哪儿了？"

"你的问题。"凯恩催促道。

"对，我的问题。问题是这样的。听清楚了！从哈姆雷特的表现来看，他是不是真的失心疯了？"

凯恩说，"是的"，费尔说，"不是"。

雷诺说，"你们两个都错了！"

凯恩和费尔面无表情地对视一眼，雷诺跑到凯恩的书桌前，跳起来一屁股坐在边缘上，开始对凯恩和费尔训话。"你们看看他的遭遇：他父亲死了，他女朋友抛弃了他，然后他父亲的鬼魂突然出现。已经够糟糕了，可鬼魂又说他是被谋杀的。杀他的是谁？是哈姆雷特的叔叔！这家伙刚和哈姆雷特的母亲结婚！我说，这个消息本身就是颗大炸弹了；哈姆雷特，他喜欢他母亲——特别喜欢！我说，这个就别多想了，我没兴趣说下流话。我只想说，这个倒霉蛋遇到的事情实在非常让人痛苦。你们会发现他是个爱激动的敏感的孩子，这些事情足够逼疯他了。再加上所有事情都发生在特别冷的日子里，就更加容易理解了。"

"所以哈姆雷特的精神不正常。"凯恩下结论道。

"不，他不是，"雷诺纠正道，笑得容光焕发，"他确实在装疯。但是——但是！——假如他没有装疯，他就会真的发疯！"

凯恩的神情变得愈加专注而警觉，视线牢牢地锁定雷诺。

"明白吗？哈姆雷特不是精神病，"病人继续道，"但他就挂在悬崖边上。稍微推他一把，轻轻地、微微地推一把，小伙子就完了！疯了！癫了！哈姆雷特自己也知道！不是有意识地知道，而是潜意识里知道，因此他的潜意识让他做了能帮他保持正常的事情，也就是装疯！因为装疯等于安全阀，可以释放高压蒸汽，能消除你的进攻心理、所有的负罪感和恐惧还有——"

费尔想要插嘴，但雷诺恶狠狠地打断他，警告道，"当心，你！不许说脏话！"

"我什么时候说——"

"安静，你！我了解你：肮脏的头脑，肮脏的医务室！连你的牙线都是肮脏的！"

雷诺热切地转向凯恩。"小傻瓜，哈姆雷特通过装疯，通过做荒谬可怕的事情，避免真的发疯。他表现得越不正常，他实际上就越健康！"

"对。"凯恩低声说。他的眼神像是领悟了什么。

"这么做很可怕，"雷诺继续道，"但另一方面，他也是安全的；明白吗？你看，要是我做哈姆雷特在剧中做的那些事情，他们会把我关起来，明白吗？他们会把我关进疯人院。但他呢？尊贵的烂嘴王子？他杀人都能逍遥法外。为什么？因为疯子不需要为他们的行为负责！"

"对！"凯恩激动了起来。

"哈姆雷特认为他是疯子吗？"费尔问。

"别逗了，疯子绝对不会认为自己是疯子。"雷诺厌恶地答道，"天，你放的是什么屁。"

凯恩和费尔都没有吭声。雷诺说："沉默意味着赞同？"

"《日月精忠》[①]。"费尔嘟囔道。

---

① 《日月精忠》(*A Man for All Seasons*，1966)，1967 年奥斯卡金像奖最佳影片，讲述了英国大法官托马斯·莫尔不畏强权、坚持原则，最后死于非命的故事。

雷诺难以相信地摇摇头。

凯恩眼神中透着狂热。"我认为，"他对雷诺说，"我同意你的看法。"

雷诺得意洋洋地转身面对小狗。"看！听见了吧，愚蠢、固执的傻蛋！从现在开始，我们按我的想法排戏！"他转向凯恩说，"上帝保佑你的动脉，上校。"他转身走出凯恩的办公室。"来吧，"他对小狗喝道，"雷普·汤恩，你屁都不知道！"

凯恩在书桌前坐下，盯着电话机。费尔打破沉默。"你听我说，"他说，"石斑鱼今天公布了几条新规定，有一条是禁止在晚上七点以后找你——"

"石斑鱼怎么能这么做！"凯恩打断他。

"是我叫他这么做的。"

"你没有这个权力。"

"我说过了，你把自己逼得太狠了！"费尔的声音变得激烈。

"我要你取消禁令。"凯恩说。

"好得很！"费尔摇头道。"我拿钱赌你的甜甜圈，那套哈姆雷特理论是卡特肖琢磨出来的计策，就是为了让你取消禁令。"

凯恩的表情激动而兴奋。

"有什么看法吗，小傻蛋？"费尔问。

"我只希望，"凯恩狂热地说，"我能确定事实如此！"

"哦，没问题，你当然可以确定。去看看卡特肖的衣物箱，你会找到一本书，名叫《哈姆雷特的疯狂》。知道讲的是什么吗？就是雷诺刚才说的那套理论。"

"你确定？"

"确定。"

"所以是卡特肖教唆雷诺的？"

"还能有什么解释？"

"很好！对上了！"凯恩说。

"我脑袋里的窟窿？"

"哈姆雷特理论是正确的，完全就是这里大多数病人的状况！卡特肖派雷诺向我解释，就像外面大堂的那些油画：有人转弯抹角地发出惊恐的呼告，向我们恳求帮助，甚至连办法都告诉了我们！"

"这个'有人'是指卡特肖？"

"是他的潜意识！"

凯恩拿起电话听筒，撤下内部通话按钮。他抬起眼睛望着费尔。"说起来，你怎么知道卡特肖的衣物箱里有什么？"

"不能告诉你。'医生的保密义务'。"

"帮我接刘易斯堡。"凯恩命令道，听起来很振奋。"军需处，谢谢。"凯恩放下听筒，等待电话接通。

"你在干什么？"费尔问。

"我们需要一些补给。"

"干什么？"

"我们要尽最大可能把'安全阀'给这些病人。我们要用极端手段放纵他们。"

"具体说说你打算怎么做。"费尔说。

凯恩解释了一遍。

费尔面露难色。"为什么不写出来，"他建议道，"不觉得这样更好？"

"嗯？"

"对绝大多数人而言太激进了，更不用说军队里的那些死脑筋了。"费尔分析道。"假如我是你，我会把我的想法写出来。"

"你这么认为。"

"写成文字给那些低能儿看。几张纸会让他们感觉更牢靠。"

凯恩思考片刻，然后拨通内线，取消刚才的通话。卡特肖突然冲进房间，对他们叫道，"我们想演《大逃亡》[①]！"他用拳头捶着书桌，"我们要铲子、锄头和铁锤！"

费尔估计，凯恩解释新办法的时候，卡特肖多半在外面偷听。

---

① 《大逃亡》（*The Great Esacpe*，1963），讲述二战期间盟军战俘在纳粹战俘营中秘密挖隧道逃跑的故事。

他找个借口告退，回到卧室，再次打电话给五角大楼的那位将军，和对方争论了一会儿，结果他失败了。当天晚上，他飞赴华盛顿，第二天一早和对方当面争论了一场。这次他赢了。

他回来后，凯恩问他去了哪儿。

"有个叔父惹了麻烦。"费尔解释道。

"我能帮忙吗？"

"你已经在帮忙了。每一个善意的念头都是世界的希望。"

第八章

石斑鱼少校抓着二楼的栏杆，难以置信地望着脚手架缓缓抬起，载着戈麦斯升向天花板。戈麦斯搅着几大桶颜料中的一桶，前去"绘制西斯廷大教堂屋顶那样的壁画"。

　　戈麦斯飘近军需官，他说："你看这天气。"

　　石斑鱼说："全能的耶稣基督啊！"

　　他望向下方。大堂旁的杂物间门口围着一群种类各异的狗，有的呜呜叫，有的汪汪叫，有的嗷嗷叫。克雷布斯抓着它们的缰绳。石斑鱼看见凯恩走出办公室，来到中士身旁。杂物间的门突然打开，雷诺气呼呼地冲出来。他对着房间内喝令道："出来！给我出来！去遛弯！"一条松狮啪嗒啪嗒走出杂物间，雷诺朝着它的背影嘲讽道："告诉你愚蠢的经纪人，别再来浪费我的时间了！"

　　雷诺看见凯恩，怒不可遏地走过去。"你能想象吗？"他说，"它口齿不清！我在为《恺撒大帝》选角，他给我弄来一条口齿不清的狗！"他转身对着杂物间里吼道，"你也一样，奈麦克！滚吧！"

奈麦克走出杂物间，裹着崭新的红蓝超人服。

"但为什么？"奈麦克问，"告诉我为什么！给我一个说得通的理由——"

雷诺暴躁地打断他的恳求。"凯恩上校，能帮我一个忙吗？求求你？能发发善心给这个低能儿解释一下吗？莎士比亚的所有作品里都没有超人能扮演的角色！"

"可以有，按照我的解释。"奈麦克不高兴地说。

"按照你的解释！"雷诺叫道，转身面对凯恩，"你知道他想要什么吗？想听一听吗？他想在密谋者拔出匕首的时候去救恺撒！上帝作证！他想跟个导弹似的俯冲下来，抱起恺撒，再一跳就飞过了雄伟的神庙。他——"

几大滴颜料溅在地上，雷诺抬起头看见戈麦斯。"他妈的疯子，"他嘟囔道，"疯子！"雷诺对中士说，"下一个！"克雷布斯松开一根狗绳。雷诺陪着这条急不可耐的阿富汗猎犬走进杂物间。"带照片了吗？"他边问边关上房门。

普莱斯出现在他们面前。他身穿宇航局的太空服，系着象征性的飞行腰带。他通过太空服内的微型扬声器说话。"有地球的消息吗？"他问凯恩，声音里带着电子共振音。他调低音量。"抱歉，有我的信吗？"

"你的星球请你回归。"凯恩说。

"去他妈的。有包裹吗？我在火星的时候，我老妈每个月都寄奶酪蛋糕给我。她用爆米花打包，保持蛋糕湿润。火星运河全都是他妈的放屁。听我一句，火星比地狱里的屁眼还要干燥。"

外面响起救护车的警笛声，弗洛姆开着救护车在院子里兜圈，测试设备。他戴着自己的听诊器，穿外科医生的罩袍，拎着出诊包。

"对，火星非常干燥。"凯恩说。

"那儿的真菌长得很好。潮湿。我喜欢潮湿。"

"我会留意奶酪蛋糕的。"凯恩说。

"巨脑，你很上道。"普莱斯说，"我很想和你握手，但实在不想和触手黏糊。天哪，我都没法吃枪乌贼了。哦，不好意思，对不起，我不是针对你的。"

"没关系。"

"你永远也猜不到在其他星球上什么事会触怒别人。有次我在天王星说了句'西红柿'，我进监狱的速度之快啊，让我的脑袋都飘起来了。地球大使不得不来营救我。人们都很暴躁。你们这些巨脑穿衣服吗？算了，当我没问。别回答。我不想知道。禁忌。地球有一款香水就叫这个。知道为什么吗？我告诉你：这地方很不错。"

石斑鱼看着听着这一切，头晕目眩。他听见弗洛姆在外面院子里朝费尔班克斯猛按救护车的喇叭，费尔班克斯打扮成《大逃亡》里的史蒂夫·麦奎因 [1]，骑着摩托车乱转。他看见凯恩慢慢走向一扇通往地窖的门。他打开门，风镐钻墙的巨响猝不及防地撕破空气，卡特肖和其他病人在底下凿隧道。

卡特肖在地下室里喊道："把那东西关掉一分钟！"

"哦，好。"一名病人关掉风镐。寂静反而像是喧嚣，奶油似的包裹众人。

"喂，听我说。"卡特肖说。他在向聚拢在他面前的几个人训话。他用教鞭点着夹在画架上的建筑结构图说，"一号和二号隧道是诱饵，三号是真格的。三号需要最高警戒。"

"隧道通往哪儿，大 X？"名叫卡彭奈格罗的红发病人问。

宇航员笑得很灿烂。"孩子，它哪儿都不通往。顺便提一句，禁止雷诺进入这些隧道。要是看见他在隧道里，就立刻把他赶出去。底下已经够滑溜的了，加上他那些天杀的狗就完了。千万记住，他——"卡特肖看见凯恩在楼梯顶部的门口向下看，"驯鹿在上，你是我们的人！"他喜滋滋地叫道，"只属于我们，不属于其他任何人！"其他病人欢呼鼓掌。

石斑鱼再也受不住了。"耶稣！"他嗓音嘶哑，"耶稣基督！"

---

[1] 史蒂夫·麦奎因（Steve McQueen，1930—1980），好莱坞男演员，以硬汉形象著称。

他低头看着双手。他的双手死死攥着栏杆，指节已经发白。

石斑鱼跑去找费尔上校。在医务室找到上校时，石斑鱼气得浑身颤抖。费尔坐在办公桌前，正平静地和坐在检查台上的克雷布斯聊天。

"这他妈是搞什么？"军需官叫道，嗓子都快哑了，"简直是发疯！天哪，费尔，到底在搞什么？你知道他们在地下室里挖地道吗？挖他妈的地道！用他妈的风镐！"

"哦，好的，他们能挖多远呢？"费尔说，手里拿着一个杯子。

"这不是重点！"石斑鱼喊道。

"什么是重点？"

"这整件事就是发疯！"

石斑鱼十八岁志愿入伍。他出身贫寒，参军意味着逃离穷苦的折辱。石斑鱼把《贝乌·盖斯特》[①]读了又读，他以为海军陆战队的生活就好比追寻"蓝水"，他的尊严来自荣誉、勇气和浪漫的理念。但这幢大宅里的各种事情和他的半禁闭处境彻底打击了他的自信。"我们必须阻止凯恩！我的天哪，他不知道自己到底在干什么！他对什么是军队屁也不懂！我查过他的 201 档案：他是个

---

① 《贝乌·盖斯特》（*Beau Geste*），1924 年出版的冒险小说，主角是以贝乌·盖斯特（法文为"慷慨善行"的意思）为首的盖斯特三兄弟，讲述他们的军旅冒险生活。"蓝水"是小说里多方争夺的一件宝物。

天杀的傻逼平民；六个月前刚得到狗娘养的直接任命！他凭什么来指手画脚？他妈的他到底在干什么？"

"他有个想法，假如彻底放纵这些病人的狂想，就能加速宣泄他们的精神压力。换句话说，他们就会被治愈。"

"太荒谬了！"

"你有更好的主意吗？"

"这些人又不是真的有病，他们在装疯！"

"天哪，石斑鱼，去你的吧。"

石斑鱼青筋暴露的鼻翼猛地一张，他看了一眼费尔手里的杯子。"你喝醉了。"他说。

克里斯蒂安中士走进房间，抱着一叠纸板衣盒，他拿起一个盒子放在检查台上。"您的制服，长官，"他对费尔说，"刚送过来的。"他望向石斑鱼，"长官，您的制服我放在您的办公室里了。在您的写字台上。"

"什么制服？"

没有人回答他。

那天晚上，石斑鱼冲进凯恩的办公室。凯恩坐在书桌前望着窗外的大雨，没有转身迎接石斑鱼。

石斑鱼气急败坏地喝问道："长官，为什么要我穿成这样？"

凯恩慢慢转身，望着军需官。石斑鱼身穿二战时德军盖世太保的制服。凯恩也一样。"怎么了?"上校问。他的眼神麻木而冷淡,像头疼似的紧皱眉头。一只颤抖的手缓缓移向他的额头。他似乎魂游天外,不明白正在发生什么。"你说什么?"他又问。

"我说,我为什么非得穿成这样?"

凯恩微微摇头,像是在清除眼前的雾霭。"这是心理表演治疗法,少校。大体而言算是已被广泛接受的治疗工具。病人扮演盟军战俘,企图挖地道逃向自由。"凯恩眯起眼睛,"我们是他们的看守。"他说。

"我们是他们的囚犯!"石斑鱼愤怒大喊。石斑鱼刚刚发现凯恩没有军队背景,因此凯恩在他眼中变成了一介平民,之前那种难以解释的恐惧也就烟消云散。"他们狗屁不如,就是一群没卵蛋的胆小鬼!"他口不择言地骂道,"天哪!凭什么要我帮他们取乐?我不是精神病学家!我是海军陆战队的军官!上帝作证,这是多么不公平的欺压,我认为我有权——"

他突然停下,后退一步。凯恩愤怒得微微颤抖,站起身,用冰冷而嘶哑的耳语声打断他,每个字都饱含怒火:"耶稣啊!耶稣基督啊!你这个人!你为什么就不肯爱任何人,哪怕只是一点?为什么不愿意帮助任何人?帮助他们!以基督的爱的名义!救助他们!你这个浑身绿汁、折磨毛毛虫的混蛋,你必须穿上这身制服,穿着它洗澡,穿着它睡觉。敢动脱掉它的念头,就让你穿着它去死！听明白了吗？"凯恩俯身在书桌上，用颤抖的手指支撑全身重量。

石斑鱼瞪大了眼睛，他慢慢退向房门。"明白了，长官。"他吓呆了。门在他背后突然打开，把他撞倒在地。卡特肖蹿进房间，看着石斑鱼，抓起墙上的国旗，抬起一只脚踩着少校的脖子，他大声说，"我宣布这片沼泽归波兰所有！"

"石斑鱼，出去！"凯恩用颤抖的声音说。

"立刻！"卡特肖加上一句，军需官推开国旗，手忙脚乱地爬起来。"还有，别弄脏那身制服，"卡特肖又说，"我要推荐你参选最佳演出！"

石斑鱼转开视线，匆匆离去。卡特肖盯着他的背影看了几秒钟，然后转向凯恩。"怎么了？发生什么了？"

凯恩坐回书桌前，用双手抱着脑袋。"没什么，"他说，抬起头看着卡特肖，眼睛里饱含同情。"怎么了？"他和善地说，"我能为你做什么吗？"

"呃，很简单，斯特拉瑟少校，我那帮弟兄需要像样的盥洗设施，地道里每五十英尺一个。你能提供吗？"

"能。"凯恩说。

卡特肖瞥了一眼他曾经企图攀爬的那面墙。

"顺便问一句，那面该死的墙你修好了吗？"

"没有。"

"但你会修好的。"

"对。"

"你是谁？"

凯恩的脸在阴影里。他没有回答。

"你是谁？"卡特肖重复道，"你太有人性，不可能是人类。"他露出怀疑的表情，走到书桌前，"我要棒棒糖。"他严酷地对凯恩说。

"什么？"

"棒棒糖，最普通的那种。能给我一个吗？"

"为什么？"

"很好，所以你不是帕特·奥布莱恩。帕特·奥布莱恩会直接给我棒棒糖，不需要我先熬过严刑拷打或查过我他妈的信用记录。你到底是谁？这个悬念简直让我坐立不安。也许你是 P.T. 巴纳姆 [①]，"他猜测道，"杀羊羔的 P.T. 巴纳姆。他会在场间节目里放个笼子，明白吗？把一头豹子和一只羊羔关在一起，两只动物从不起争执。哈德，观众都要看疯了！他们说，'看啊，一头豹子和一只羊羔，甚至都不闹一下！甚至都不正眼看！'但是啊，哈德，

---

① P.T. 巴纳姆（P.T. Barnum，1810—1891），美国马戏团经纪人兼演员，他的马戏团充满了各种令人不可思议的神奇展品。

观众不知道羊羔永远不是同一只。他妈的豹子每天下场就会吃一只羊羔，连续三百天天天如此，最后豹子问他们要薄荷酱，结果吃了一粒子弹。动物是无辜的。它们为什么要受苦？"

"人们为什么要受苦？"

"啊哈，少来了，这是个陷阱，你早就准备好了答案。比方说痛苦使人高贵，比方说要是不存在受苦的可能性，人能比会说话、会下象棋的熊猫强到哪儿去呢？但动物又如何，哈德？痛苦使火鸡高贵了吗？为什么整个宇宙就基于狗咬狗、大鱼吃小鱼、动物痛苦惨叫呢？为什么整个宇宙就像一道敞开的伤口，一个他妈的屠宰场？"

"事情刚开始也许不是这样的。"

"咦，真的吗？"

"也许所谓原罪只是比喻某种可怕的基因突变，很久很久以前发生在所有活物身上。也许突变就是我们引发的，例如一场席卷全世界的核战争。谁知道呢？也许所谓堕落就是这个意思，也许说天真孩童继承了亚当的罪孽就是这个意思。基因。我们是突变种，不妨这么说，我们是怪物。"

"那大脚为什么不能直接告诉我们？为什么基督不能出现在帝国大厦顶上，给所有人传个话？问题不就解决了吗？为什么搞得这么麻烦？大脚的石板是不是用完了？我家艾迪叔叔就是开菜市场的，我可以批发价给他搞一批！"

"你要的是神迹。"凯恩说。

"我要的是大脚要么拉屎，要么给我从茅坑上滚下来！拉肚子的异教神灵在排队呢！"

"可是——"

"一辆满载孤儿的大巴今天从悬崖飞了出去！我听新闻说的。"

"也许上帝不能干涉我们的事务。"

"对，我已经注意到了。"卡特肖坐进沙发。

"也许上帝之所以不能干涉，是因为那样会扰乱他为未来的某种生物制定的计划。"凯恩辩解道，他的声音和眼神都饱含关切。"进化后的人类和世界，"他继续道，"美丽得难以想象，值得存在过的所有造物付出的所有眼泪和痛苦；也许等我们到了那个时刻，回顾以往时会说，'对，对，我很高兴事情曾那么发生过！'"

"我说这都是胡扯淡，去他妈的！"

凯恩俯身道："你相信上帝已经死了，因为世上有那么多邪恶？"

"正确。"

"世上也有那么多善美，你为什么不认为祂还活着呢？"

"什么善美？"

"到处都有！包围着我们！"

"听见这么狂热而愚蠢的回答，我觉得我应该中止这次讨论了。"

"假如我们只是原子，只是分子结构，与这张书桌或这支笔毫无区别，那么世间为什么会存在爱呢？我指的是上帝大爱的那种爱。一个人为什么会为另一个人献出生命？"

"不存在这种事。"卡特肖说。

"当然发生过。从古到今一直在发生。"凯恩不再是在冷静说理，而是在感情用事地争论。

"给我举一个例子。"卡特肖命令道。

"但这显然是真的啊。"

"给我举一个例子！"卡特肖站起来，走到书桌前，直面凯恩。

"一名士兵跳出去趴在即将爆炸的手雷上，以免小队里的同伴受到伤害。"

"那是本能反应。"卡特肖叫道。

"但是——"

"你证明一下那不是！"

凯恩垂下头，回顾他的思路。他抬起视线，望着卡特肖说："好。船难后的幸存者里有这么一个人，她在茫茫大海中央发现自己得了脑膜炎，于是主动跳下救生艇淹死自己，以免其他人感染疾病。请问你管这个叫什么？本能反应？"

"不，我管这个叫自杀。"

"自杀和主动放弃生命不是一回事。"

"你傻得简直可爱。"

"自杀的重点是绝望。"

"自杀的重点，"卡特肖反驳道，"是没人能得到保险金。"凯恩想说什么，但卡特肖盖过他的声音说，"你已经拿出来或者想拿出来的例子都能得到解释。"

"就像你解释救生艇上的女人？"

"她的孩子说不定也在救生艇上，因此她的行为完全符合母性本能。还有可能是有人把她推下去的。"

"不是这样。"凯恩摇头道。

"你他妈怎么知道？你在场？"

"不，当然不在场。只是举例说明而已。"

"那不就结了？完全就是我的意思！我想说的就是这个：谁他妈知道我们每天听见的那些例子不是——或者不完全是——能够用自私的理由解释的屁话？"

"我知道。"凯恩斩钉截铁地说。

"但我不知道！给我一个你亲身经历的好例子，一个就行！"

凯恩沉默下去，用神秘莫测的灼烧眼神盯着卡特肖的双眼。

"一个就行！比方说扑手雷的那个人？"

凯恩低头望着书桌。

卡特肖的声音变得凄凉。"我就知道。"他喃喃道。他迅速恢复了活力和疯癫。"明天是星期天，"他大声说，"我要你带我去望弥撒。"

"但你的上帝已经死了。"凯恩说。

"没错。但我对研究原始宗教有着深切而激烈的兴趣。另外，我喜欢崇拜偶像，只要别逼我看它们的脚就行。你有没有见过古老的圣约瑟像的脚那么庸俗的东西？油漆褪色，脚趾的劣等石膏崩开剥落。想聊聊什么叫廉价吗？基督在上！听我说，明天带我去望弥撒。我是认真的，哈德，我会乖乖的特别安静，我发誓。求求你了？我会悄悄地坐在那儿，脑袋里只有虔诚的念头。可以吗？"

凯恩没有说话，他在考虑。

"好吧，蕨菜叶子。我想蕨菜叶子可以吗？或者我悄悄地坐在那儿，不出声地想钢琴！"他的脸凑近凯恩。"我想去，"他轻声说，"真的想去。"

凯恩答应带他去。卡特肖欣喜若狂地冲出他的办公室，跑到外面的院子里，用双臂紧紧地抱住胸腔，寒风陡然刮起，鲜艳的橙色太阳钻进林木线下的黑暗中。石斑鱼站在办公室窗口望着卡特肖。他看见克雷布斯和克里斯蒂安走进院子。两名中士穿纳粹冲锋队制服，各挎一杆长枪，背后跟着一条德国牧羊犬。他们在离院子外围周界还有一段路的地方站住，迈着哨兵的步伐开始踱来踱去。卡特肖看见他们，发出快乐的欢呼声。石斑鱼摇摇头。他打算重看凯恩的档案。他记得有一段提到了凯恩治疗疾病的手段。有个词他记不清了。是"新颖"吗？还是"怪异"？他请一名打字员去找那份档案，顺便再要一下费尔的档案，因为费尔那份始终没有送到。他翻了一遍桌上的文件，发现有个新病人要来。他按铃叫勤务兵去准备一个铺位。

克雷布斯和克里斯蒂安一直巡逻到十一点关灯。早些时候有一次，两人从相反方向接近时停下站了一会儿，克雷布斯朗诵似的说："我打赌我的野狗能舔你的野狗。"克里斯蒂安没有上当回答，两名中士迈开大步继续行进，整个晚上再也没有谁见到他们停下交谈。

第二天早上还不到七点，凯恩坐在他的吉普车里等待，请克雷布斯去叫卡特肖。宇航员身穿洗净上浆的卡其布制服出现了，头发用头油梳得整整齐齐，一张脸刮得干干净净，但没有换掉运动鞋和破旧的大学运动夹克，巴斯特·布朗①式的假高领上系着亮红色的领结。凯恩一开始坚持要他换掉假高领和运动鞋，但卡特

① 巴斯特·布朗（Buster Brown），美国漫画家理查德·奥特考特（Richard Outcault, 1863—1928）在 1902 年创造的漫画人物。

肖说："大脚难道会在乎我穿什么吗？"他也就不情愿地让步了。两人开车到教堂，滨海小镇布莱的教堂是一座简单的 A 字形框架建筑物。他们迟到了几分钟。

当二人走出吉普车，卡特肖突然露出害怕的神色，紧紧抓住凯恩的手，直到进了教堂才松开。

凯恩在前厅停下脚步，抬起手在圣水盆里蘸了蘸，卡特肖快步走向教堂前侧，像企鹅似的踮着脚走路，肩膀左右摇摆。来到第一排，他停下脚步，用演戏的那种耳语腔调大声招呼凯恩："哈德，过来！咱们看看雕像！"

凯恩沿着过道走向他，不去理会教众的好奇眼神。他在长凳外屈膝行礼，起身后到卡特肖身旁跪下。宇航员硬邦邦地跪在那儿，满脸虔诚地望着神父，神父高举双手背对教众。"那是埃德加·凯西①吗？"他的声音飘向圣坛。神父愣了一瞬间，左右看看，然后继续念弥撒文。

卡特肖安静下来，直到讲经环节，今天的主题是好牧者愿意"为羊舍命"。每次神父说出什么精彩的观点，卡特肖就会鼓掌或嘟囔一句"好极了！"。神父曾经是传教士，大半辈子都生活在中国，他认为卡特肖喝醉了，烦人的程度与哭闹的幼儿和暴躁的军

---

① 埃德加·凯西（Edgar Cayce，1877—1945），美国一位非常出名的预言者，在世时所说的预言如今很多已经成为现实。

阀差不多。卡特肖每次鼓掌，他就稍稍提高嗓门，向上帝表达他的敬意。

来到捐献环节，卡特肖大声问凯恩要一毛钱。凯恩给了他一块钱。捐献篮伸到卡特肖面前，卡特肖牢牢地抓住篮子，把鼻子伸进去使劲闻了几下，然后使劲挥手赶走神父。他把那一块钱揉成团塞进了口袋。

下跪献祭时，凯恩扭头盯着他。卡特肖的双手握在面前，仰头望着圣坛，透过染色玻璃照进来的一道阳光落在他顽皮的脸上。他像是圣诞卡片上的唱诗班男童。

弥撒的剩余时间里，卡特肖始终保持礼貌，只有一次除外。他站起来说："无尽善美的上帝创造了亚当，而你们事先就知道，这被造物肯定会抱怨。"

沿着过道出去的路上，卡特肖再次抓住凯恩的手。来到外面的台阶上，他转过身，只说了三个字，"我懂了"。回去路上他一直很安静，直到吉普车在宅邸门口停下，他忽然用孩童般的声音说："谢谢你。"

"你为什么非要戴着假高领？"凯恩问他。

"方便吃棒棒糖。"卡特肖说完就跑进了大门，但很快又出来了。

"你要是死在我前面，假如死后还有灵魂，你能给我打个信号吗？"他问。

"我尽量。"

"你真好。"卡特肖屈膝走开。浓雾开始降临。凯恩听见远远的雷声，抬头望天。他走进宅邸大堂，迎面遇见费尔，费尔正在系雨衣的腰带。"卡特肖的表现好吗？"他问。

"和平时差不多。"凯恩答道。

"你为什么带他去？"

"因为他想去。"

"怪我问得蠢。"

"你去哪儿？"

"海滩。"

"很冷，而且在下雨。"凯恩说。

费尔好奇地看着他。"我去海滩吃东西，老弟，又不是下海游泳。海滩有个餐厅，班尼迪克特蛋做得好极了。要不要一起去？"

"算了，我想躺一会儿。我很累。"费尔仔细打量着他。"抱歉。"凯恩说，从费尔身旁走向楼梯。

"确实很抱歉，"费尔说，"还希望你能来付账呢。"凯恩像是没有听见，只是继续向前走。费尔摇摇头，他改了主意，没有出去，而是走进食堂找咖啡喝。他没有看见克雷布斯走出凯恩的办公室，正跑过去追赶凯恩。

"上校？凯恩上校，长官？"

凯恩停下脚步，在楼梯尽头停下。他顶着两个黑眼圈，眼中含着痛苦。他等待克雷布斯走到身旁。

"上校？"

"怎么了？"

"呃，新来的那个人，长官。"

"新来的？"

"新来的病人，上校。半小时前到的。我让他在你的办公室等着。我猜你也许不想让他见到其他病人，等你先——呃——解释一下情况。他似乎——呃——还挺正常，长官。看起来就是普通的作战疲劳症。不过我只知道这么多。"

"我马上就下来。"

"非常好，长官。"克雷布斯转身走下楼梯。

凯恩走进卧室，锁好门走进卫生间，拿出镜橱里的阿司匹林药瓶，摇出一百毫克一粒的杜冷丁药片，这是他从医务室药品柜里取来的。他吞下三粒杜冷丁，再少就无法克制头疼了。

他下楼走向办公室。正要开门，卡特肖来到他身旁。"你能和雷诺聊聊吗？"宇航员抱怨道，"把他那些该死的狗从地道里弄出去，底下已经够滑溜的了。"

"好，我会告诉他的。"凯恩说，声音听起来有气无力。

"我想谈谈基督的复活。"卡特肖说，"你认为那是肉身的复活吗？"

　　"我们回头再谈吧。"凯恩说。

　　"不行，就现在！"卡特肖一把推开门。新来的病人是海军陆战队的一名中尉，名叫吉尔曼，他坐在沙发上，被雨水打湿的行李包搁在脚边。他右眼上方的眉头有一道 Z 字形的伤疤。他抬起头，见到凯恩吓了一跳。"真是见鬼了，"中尉说，"'杀手'凯恩！"

第九章

一九六七年秋天，他在越南指挥一个特种部队营地，位置紧贴火药桶般的非军事区南侧。某次特别危险的任务结束时，一名少尉发现他站在汇合点的一棵树旁，茫然地望着黄昏暮霭。

　　"凯恩上校！"少尉压低声音说，"是我，吉尔曼！"

　　凯恩耷拉着脑袋，没有回答。

　　暮色沉沉，吉尔曼眯起眼睛看着他。走到近处，他注意到凯恩面部的绿色油彩上涂着鲜血。他顺着凯恩的视线望向森林地面，见到一具黑衣越共的瘦小尸体。血淋淋的尸体没有头部。

　　"你干掉了一个查理①。"吉尔曼淡然道。

　　"只是个孩子。"凯恩像是在做梦，他抬起失神的眼睛看着吉尔曼，"他和我说话，吉尔曼。"

　　吉尔曼不安地看着他。凯恩侧对着他。"你没事吧，长官？"

　　"我割掉了他的头，但他还是说个不停，吉尔曼。我杀死了他，

————————

① 查理（Charlie），越战时期美军对越南人的蔑称。

他还在和我说话。"

吉尔曼警觉起来。"来吧，长官，咱们走。"他催促道，"再待下去天要亮了。"

"他说我爱他。"凯恩愣愣地说。

"天哪，上校，别管这些了！"吉尔曼的脸离凯恩很近。

他用粗短的手指抓住凯恩的胳膊。

"他只是个孩子。"凯恩说。吉尔曼惊恐地看见凯恩抬起胳膊，双手抱着一个十四岁少年被割掉的头颅。"看见了吗？"吉尔曼忍住没有尖叫。他一把拍掉凯恩手里的头颅。头颅顺着斜坡滚下去，撞到一棵树才停下。

"啊，我的上帝。"吉尔曼呻吟道。

他好不容易把凯恩弄回基地，扶着凯恩上床休息，但凯恩依然处于恍惚状态。一名医务兵记录了前后经过，认为凯恩的情况需要持续观察。

第二天早晨，凯恩恢复正常，继续执行任务。他似乎完全忘记了头颅的事情。接下来几天，他很纳闷地发现吉尔曼少尉每次遇见他都会用奇怪的眼神打量他。凯恩再也不肯和吉尔曼一起出任务。他无法确定这是为什么，只觉得这么做效率更高。

那次事件过后大约两周的一天，凯恩站在军需官的沙袋窝棚里，望着四天来片刻不停的滂沱大雨。军需官是个名叫罗宾逊的黑眼睛上尉，他守在电传打字机旁边，看着机器咔哒咔哒每次一英寸地吐出消息。这种声音犹如大雨的切分音，听起来分外不祥。

凯恩突然一惊，随即松弛下去。他以为他听见丛林里传来叫声：只有一声，像是在喊"凯恩！"他看见一只鸟从树顶起飞，回想起这种鸟的叫声。

不知为何，他的手指在颤抖，骨骼深处在抽搐：从他刚到越南，它们就成了他的伙伴——还有失眠。每次入睡，梦境就会来纠缠他，让人毛骨悚然的噩梦只要醒来就会遗忘。他拼命回想，但就是记不起来。甚至有好几次，他会在梦中告诉自己，这次你一定会记得。但他永远记不住。每一个潮湿的清晨，留给他的只有热汗和蚊子的嗡嗡声。但他知道，那些噩梦永远不会离开，依然在他的血管里暗沉沉地涌动。他能在背后感觉到隐约的轨迹，有险恶的眼睛盯着他体内脆弱的猎物。大难临头的预感啮噬他的内心。

电传打字机咔哒咔哒地磨着牙齿，片刻不停。

"你就不能关掉那鬼东西吗？"凯恩叫道。

"有特别命令，长官。"罗宾逊对他说。机器沉默下来。罗宾逊撕下报文。他抬起头，上校已经走了，雨点噼里啪啦打进敞开的房门。罗宾逊拿着报文走到门口，看见凯恩走向丛林；他没穿大衣，没戴帽子，才几秒钟就被大雨打得透湿。罗宾逊摇了摇头。

"凯恩上校，长官！"他叫道。

凯恩站住了，然后缓缓转身。他拢着双手，举在身前，像是孩童在接雨水，他的眼睛看着双手。

军需官挥舞着报文喊道："是给你的，长官！"

凯恩慢慢走回窝棚，沉默地站在那里望着罗宾逊。雨水从他的裤腿和袖口滴落，在地上聚成一滩。

电传打字机收到的是一组特别命令，调凯恩前往华盛顿州。罗宾逊一脸懊丧地把调令递给凯恩。"唉，天哪，肯定是搞错了，长官。半吊子电脑弄混了不同的人。"军需官指着某处的文字说。"看见了吗？不是你的序列码，而且军职标的是'精神病学家'。肯定还有另一个凯恩上校。"

"是啊。"凯恩喃喃道。他点点头，从罗宾逊手里接过报文，盯着上面的文字。他的眼睛里充满了争斗的活力。最后，他把报文揉成一团攥在手里，转身走进大雨，消失在视野外。罗宾逊望着大雨，心情沉重。凯恩最近的举止很不正常。周围的人们都注意到了。

· · ·

夜晚突如其来地降临。军需官在房间里紧张地踱来踱去，一根接一根地抽着香烟。凯恩已经出去几个小时了。他该怎么办？

派巡逻队去找上校吗？他希望能尽量避免这么做，否则就必须解释"凯恩上校冒雨出去散步，没戴帽子也没穿雨衣，但我认为这挺符合他最近看起来不怎么对劲的行为举止"是怎么一回事。他对上校有着保护心理，其他人对凯恩的感觉夹杂着敬畏、厌恶和恐惧，但凯恩对罗宾逊很好，有时候甚至接近溺爱，偶尔会让罗宾逊看见困在他体内的感性一面。

罗宾逊碾灭烟头，拿起烟斗，嚼着烟斗柄。再一抬头，他看见浑身透湿的凯恩站在门口。凯恩对军需官露出无力的笑容。"要是我们能擦掉鲜血，你觉得能不能找到灵魂隐藏的地方？"没等罗宾逊回答，凯恩就转过身，顺着走廊去了自己的房间。军需官听着他的脚步声，听着开门关门的发闷声音。

第二天早晨，凯恩对罗宾逊说，尽管调令里有着种种差错，但他觉得还是应该尊重上头的意思。他打算去华盛顿报到。

罗宾逊知道他必须汇报情况了。

• • •

"他回到美国，军队发现了错误。"费尔坐在地上，背靠检查台的边缘。他从烟盒里摇出一支烟，用颤抖的双手擦燃火柴。他吸了一口，慢慢吐出烟气。"但这时候他很明显打算一不做二不休了。"费尔用一只手罩住熄灭的火柴，望着揉皱的火柴本上的广告：

技术培训学校，保证毕业就有工作。他慢慢扫视每一张沉重而困惑的面容，他在医务室召集起了这些人：石斑鱼、克雷布斯、克里斯蒂安、几名医务兵和吉尔曼。"上头早就听说了他心理不稳定的许多传闻。他似乎是处在严重精神崩溃的边缘。但接受调令就算是到头了。我们很确定他的精神已经崩溃。"费尔摇摇头，继续道，"但你该怎么告诉一个有着那种记录的人呢？"

石斑鱼望着手里的那组命令。他讶异地摇了摇狮子般的脑袋，然后把调令伸向费尔。"你的这些命令，"他说，"是真的吗？"

费尔点点头。"十足真金那么真，"他坚定地说，然后吸了一口香烟。"凯恩不是自愿从事那个行当的。"这几个字随着一口烟轻轻吐出，"二次大战期间，他是战斗机飞行员。有一次他在敌后坠机跳伞，不得不杀出一条血路回来。那次他杀了六个人。后来他再次坠机跳伞，又杀了五个。因此司令部认为他有这个天赋，于是训练他成为特工。他们命令他深入敌后执行秘密任务，尽其所能返回大本营。他每次都能成功。他杀死了许多敌人。许许多多。用匕首，用双手，大多数时候用勒杀索。这种事撕裂了他的内心。我们把勒杀索塞到他手里，说，'去干掉他们，小子！为了上帝和国家，去干掉他们！这是你的职责！'但他有一部分内心并不相信——他善良的那一面。正是这个部分在阻止他。然后就是某台电脑出现错乱，给了这可怜虫一条出路：让他去寻求帮助但又不必面对自己的病症，让他逃避自我隐藏起来，让他洗掉鲜血，让他为杀戮赎罪——通过治疗别人。

"你们要明白，刚开始只是个借口。"费尔继续道，"但在他从越南回国的路上，这个借口发展成了一个大得多的概念。他对杀人狂凯恩的憎恨变成了拒绝心理，拒绝心理变得越来越强，到最后完全抹杀了凯恩的自我认同：他压抑了杀人狂凯恩，彻底变成了他更好的一面。只有他做梦的时候除外。在有意识的状态下，他是精神病学家凯恩；与此矛盾的事实他一概拒绝，合并进入他的妄想体系。"

费尔低头看着积了很长的烟灰。他抬起手掸掉。"唉，上帝啊，他有那么多症状。"他摇头道，"神游状态，救赎情结，偏头痛。你们肯定都见过其中的一些，尤其是疼痛。所以他才开始吃药。"

克雷布斯低下头，局促不安地望着地面。

"克雷布斯知道。"费尔说。

克雷布斯点点头，眼睛依然向下看，其他人都扭头望着他。"总而言之，我说服上头让他冒领这个身份。"费尔继续道，"这是个实验。部分是。算他是实验的一部分。于是上头放了他一马。凯恩置身于这个难题内，正在寻找出路：一名病人发挥精神病学家的功能，主动着手解决他的难题，我们从未见过类似的先例。我们希望他能提出什么新的洞见。有趣的是，我认为他确实做到了。我认为其他病人都在对他做出响应。但他今天经历了挫折，非常糟糕的一次挫折。极其糟糕。你们看，他治愈自我的最大希望在于用拯救行为抵消负罪感，他的拯救行为就是治好其他病人，至少要能看到改善的迹象。但那需要时间，还有你们的帮助。"

费尔朝石斑鱼打个手势。"你看过了我的命令。我是指挥官。但我要让凯恩上校继续演下去。"费尔转向吉尔曼，"吉尔曼，我要你尝试说服其他病人你是被错关进来的。这个想法在这儿不难推销。可以吗，吉尔曼？能帮我这个忙吗？"费尔的声音里多了一丝恳求。

"哦，嗯，没问题。"吉尔曼立刻答道，"没问题，当然可以。"

"谢谢。"费尔转向军需官。"石斑鱼，你和其他员工负责支援吉尔曼，我也一样。"

石斑鱼从命令单上抬起头，满脸迷茫。"上校，允许我问问清楚。"他说，"事实上，这儿一直是你说了算？"

费尔点点头。"没错，"他说，"他是文森特·凯恩。我是哈德逊·凯恩。我是心理学家。文森特是我的病人。"费尔的眼里涌出泪水，声音开始颤抖，"我们小时候，我总是能逗他笑。我演小丑。我一直在试图帮助他……让他想起我。但他就是想不起来。"

他再也忍不住泪水了。费尔说："他是我的弟弟。"

第十章

凯恩在自己的房间里醒来。他穿着白天的衣服躺在床上。他坐起来，觉得有什么地方不对劲。他看见他的哥哥坐在床边的椅子里俯身靠近他，脸上露出不寻常的关切表情。

　　"感觉怎么样？"

　　文森特不明所以地看着他。"什么？发生什么了？"他问道，"怎么了？"

　　"你昏过去了。不记得了吗？"

　　文森特露出不安的神色，摇摇头。

　　"你还记得什么？"

　　"什么都不记得了。我走向我的房间，再一睁眼就是现在了。"他显得很迷惑。"我昏过去了？"

　　哈德逊专注地看着他。"记得新来的病人吗？"

　　"新来的病人？"

　　"你不记得了。"

　　"你他妈在说什么啊？到底发生什么了？"他听起来很生气。

窗户破碎，一块石头飞进房间，打中墙壁，落在床头柜上弹了一下，掉在地上。卡特肖从庭院里对天喊叫，声音愤怒，歇斯底里。"跟我说什么狗屁上帝啊，你这个杀人如麻的畜生！再跟我说什么世间的善美啊！带着你的勒杀索下来，狗娘养的！给我下来！"

精神病学家不安地望着弟弟，他看见了弟弟脸上的惊愕。"克雷布斯，愚蠢的杂种，"他嘟囔道，"没打开卡特肖母亲寄来的包裹检查。我就知道里面是烈酒。"

"给我下来！"卡特肖叫道。"带着你的勒杀索下来！"一阵啜泣，然后是苦闷的叫声，"我曾经需要你！"

文森特·凯恩愣愣地看着哥哥。脸上的血色渐渐退去。他哥哥起身，快步走到窗口，看见卡特肖跑远了。他拢起手，对着卡特肖的背影喊道："怎么不叫你妈寄白粉给你？"他回到床边，在文森特身旁坐下。他拿起弟弟的手腕量脉搏，并说，"那种加州劣酒能喝死人。听说浇在蛤蜊上都会长出毛来。不骗你。"

他弟弟盯着他，眼睛眨也不眨。"他很生气，"文森特说，"真是奇怪。"

他们听见外面传来摩托车引擎的启动声。有人在喊，"卡特肖！"是石斑鱼。摩托车呼啸开走。

文森特·凯恩从床上起来，走到窗口，看见摩托车撞破岗哨旁的木头围栏而去。他哥哥走到他背后。

"他撞破了岗哨门。"文森特说，惊慌而困惑。

"只是人生这场盛宴的又一道菜。"

"他为什么要这么做？"

"毕竟是周六的晚上。"

文森特·凯恩看起来深深地感到不安。他用指肚碰了碰窗口一块碎玻璃参差的边缘。他哥哥用悲哀的双眼望着他，轻声说："不，没有回忆，没有笑声。"

文森特扭头投去探寻的眼神，问道："什么？"

"休息一下吧。"精神病学家走向门口，"我会派两个勤务兵去接他的。"

"但他们怎么知道去哪儿找他呢？"

"他走不远。"哈德逊打开门说道，"别担心。"

精神病学家走进走廊。他决定亲自去找卡特肖——带上吉尔曼，看宇航员能不能接受随着吉尔曼的到来所带来的变化。要是他不愿接受，精神病学家下定决心，那他就只能冒险，试着把秘密托付给卡特肖了。他快步走下楼梯。

文森特·凯恩坐在床上，望着窗框上的碎玻璃。他的头在抽痛。有什么事情不对劲，有什么地方错了。到底是什么呢？他以前也有过离魂断片的体验。但不对劲的不是这个。究竟是什么呢？

卡特肖。卡特肖。他的呼吸越来越急促。他觉得胃里沉甸甸的，有一种茫然的负罪感。他站起了身。

他必须亲自去找卡特肖。

第十一章

卡特肖呼啸穿过布莱镇，来到镇北六英里外一家破旧的路边酒馆。他停下摩托车。浑身湿透的他走进酒吧，坐进最里面的狭窄卡座。不到半个小时，他已经喝醉了。在他四周，粗鲁的笑声混合着点唱机的硬摇滚乐。一群摩托黑帮占据了小酒馆，店堂里满是狂呼乱喊和喃喃脏话，他们身穿黑色皮夹克，后背印着"铁链帮"三个字。有几个在吧台前喝闷酒。有几个在跳舞，打结的头发和肮脏的指甲划破昏暗店堂里的朦胧烟雾。卡特肖没有注意这些。他拿起酒杯，一口喝光杯里一指高的威士忌；他咧咧嘴，又灌下一大口啤酒，然后醉眼惺忪地望着面前粗糙木桌上的一排五个小酒杯。女招待走过，他抬起头。女招待很年轻。"喂，等一下！"卡特肖抓住她的手，摸到了款式简单的婚戒。"再来一杯威士忌好吗？"他口齿不清地说。

微笑给女招待的面容增添了健康的光彩。

"先生，你面前摆着五杯呢。"她开朗地说，挣脱了卡特肖的手，走向吧台。卡特肖看着桌子，闷闷不乐。"我想要六杯。"他大着舌头嘟囔道。

两个摩托车手靠着吧台，时不时瞥一眼宇航员。其中之一灌一口啤酒，盯着他看了一会儿。他满脸胡须茬，戴着大号的黄色太阳镜。"就是他，罗伯，"他说，"我认得这家伙。"

"你傻了吧。"另一个摩托车手懒洋洋地说。他穿短袖T恤和敞开的皮马甲，露出两条肌肉发达的粗壮手臂。他有一副堕落小子的好相貌，浓密的金发烫成波浪卷，满脸傲慢地傻笑着。T恤前襟绣着"我爱操逼"。他是这个团伙的首领。"杰瑞，你有幻觉了。"

"放屁。我在报纸上见过他的照片。"

"你什么时候开始读报纸了？"

"好吧！是在电视上！"

女招待来到吧台前。"两杯啤酒，两杯威士忌加冰块。"她下单道，并紧张地瞥了一眼摩托车手们。这帮人不是本地的，看见他们让她很不安。

"你看他！"杰瑞叫道，"看他的脸！就是他！那个宇航员！疯了的那个家伙！"

女招待扭头望向卡特肖。

"他在这个屎窝里干什么？"罗伯问。

"哦，谁他妈知道。"杰瑞答道，"但肯定是他。我敢发誓！跟你打赌！"

"是吗？赌什么？"

"一杯啤酒。"

"外加一次口爆，你家老娘们儿或者我那位。"罗伯咧嘴笑道。

杰瑞揉着下巴，再次望向卡特肖。他喝光杯里的酒，说道："赌了。"

两个摩托车手挤过人群走向卡特肖，站在他的卡座旁低头看着他。宇航员举起一杯酒，抬头看见了他们。他停下来，分别打量了两人一眼。

"什么事？"他说。

"你叫什么，大兵？"罗伯问。

"侏儒怪。"

罗伯夺过卡特肖手里的烈酒杯，扭头看着杰瑞。"嘴巴挺利索。"他说。

卡特肖只当他们不存在，又拿起一杯酒。酒杯又被摩托车手夺走，这次动作很粗暴。"问你呢，你叫什么？"他的声音里多了几分蛮横和威胁。

"出嫁前还是出嫁后？"卡特肖的视线越过两人，他叫道，"点单！"

杰瑞突然抓住卡特肖的开襟羊毛衫一把拉开，露出迷彩服上绣着的"U.S.M.C."字样。他指着那几个字母，得意洋洋地说："看见没？U.S.M.C.——海军陆战队！"

"不，你弄错了，我亲爱的孩子，"卡特肖拿腔拿调地说，"那是放肆性爱弥撒俱乐部①的缩写。"

罗伯把一杯酒泼在卡特肖脸上。

"我说什么不该说的了？"宇航员心平气和地问，伸出舌头去舔威士忌。

女招待来了。"要什么？"她问卡特肖，皱着眉头，困惑于他的身份。她注意到卡特肖的脸是湿的，担心地看了一眼两个摩托车手。

"一杯苏格兰威士忌，两个痰盂，亲爱的，"卡特肖说，"痰盂里倒满毛毛虫血。是给咱们这两位朋友的。也许他们——"

杰瑞揪住卡特肖的迷彩服，把他提了起来，狠狠一拳打在他脸上。

女招待惊慌喊道："喂，别这样！"

"怎样？这样吗？"罗伯坏笑道，一只手飞快地伸进她的裙底，抓住她的臀部捏了一把。她惊叫着猛地转身，撞开他的胳膊。摩托车手抓住她的手腕，整个人贴在了她身上。他夸张地呻吟着假

---

① 原文为 Unbridled Sex for the Masses Club。

装高潮，将她的身体抵在卡座隔板上。"好多了，"他咧嘴笑道，"这个体位更舒服。"

女招待因为疼痛和厌恶皱起眉头，抬起手推他的胸膛。"天哪，快滚开！"

卡特肖一跃而起。"够了！"他说，想过去帮助女招待。杰瑞把他推回卡座里，卡特肖的脑袋撞在了墙上。"耶稣基督。"他呻吟道，撞得头晕目眩。

"动一动，宝贝儿。"罗伯下流地说。他的一颗包银镶牙闪闪发亮，他的身体激烈地前后摆动。

"我怀着孩子呢！放开我！"女招待叫道，"别顶了！停下！求求你！你弄疼我了！"

杰瑞扯掉卡特肖脖子上的姓名牌，匆匆扫了一眼就对罗伯叫道："喂，是他！真的是他！我拿着他的姓名牌呢，罗伯！就是他！"

罗伯惊异地望向杰瑞，伸手去拿姓名牌，女招待趁机挣脱逃开。

"开玩笑吧！"罗伯嘟嚷着查看姓名牌。他低头看着卡特肖。宇航员抱着脑袋。"真是没法相信！"罗伯几步走到点唱机旁，拔掉插头。突如其来的寂静中，人们抱怨叹息。

"喂，安静！给我安静！"罗伯站上一把椅子。"喂，你们猜猜这是谁？他妈的名人啊，弟兄们！一个临阵脱逃的胆小鬼宇航员！"人们的反应各不相同。罗伯指着被杰瑞按在卡座里的卡特肖叫道，"诸位，我向大家介绍一下，比利·卡特肖上尉！"

众人有的怀疑，有的很开心，有几个摩托车手鼓掌，有一个车手拖着土腔说："他妈的了不起啊。"

罗伯走下椅子，回到卡座前，和杰瑞一起拖着宇航员站起来。"对，我知道，"卡特肖嘟囔道，半闭着眼睛，"抵抗是没有用的。我的朋友都已经招供了。"

"想加入我们的俱乐部吗？"罗伯咧嘴笑道。

"操你妈。"

罗伯绷紧脸，笑容变成了冷笑。他不清楚他讨厌宇航员身上的哪一点，觉得就连看见宇航员呼吸他都觉得难受。他用手背扇了宇航员一巴掌，打得卡特肖的脑袋向后一仰。"好吧，"卡特肖嘟囔道，"不操你妈。"罗伯抓住迷彩服的前襟，拖着他走到房间中央，大多数摩托车手围了上来。尽管没了音乐，有一对男女还在跳舞。

罗伯朝杰瑞打个响指。"啤酒！"

"一杯啤酒，这就来！"杰瑞叫道，走向吧台去拿酒。

"啤酒，"他对酒保说，那位六旬男子是酒馆的主人。他灌满一个品脱杯，放在吧台上，瞥了一眼洗手间门口墙上的电话。杰瑞跟着他的视线望过去，朝酒保摇摇头。"别想了，"他警告道，"不许搅和我们的派对。"他拿起品脱杯交给罗伯。

摩托车手围成一圈，嘟嘟囔囔，嘻嘻哈哈，朝卡特肖丢出一个个问题："怎么，你就突然腿软了？""哎，疯人院里都喂你吃啥？""你的看守呢？""有大麻吗？"卡特肖耷拉着脑袋，温顺地站在那里，一句话也不说。

罗伯接过杰瑞手里的啤酒，亮给众人看了一圈，然后大声说："首先，咱们给这个胆小鬼施洗！"险恶的紧张气氛，伪装成嬉闹的无由厌憎，它悄无声息地穿过人群，像一条坏心肠的牧羊犬，触碰他们，推动他们，将他们驱赶到一起。"现在我想听倒数！"罗伯喊道。"我要听！十！"整群人用叫声应和他，眼睛放光，一直数到"一！"罗伯最后喊道："零！"然后把啤酒慢慢倒在卡特肖的头上。罗伯狞笑道："一切正常，对吧，傻逼？"

· · ·

凯恩伸着脑袋，眯着眼睛，透过吉普车被雨水吞没的挡风玻璃向外看。他在布莱镇找了个遍。见到公共场所门口有停着的摩托车就停下，进去看卡特肖在不在。有一次他觉得他和另一辆吉普车擦肩而过，但他不敢确定。现在他沿着从小镇向北的公路行驶。他这么做不是出于有意识的决定，这是种自发的本能行为。

前方有霓虹灯在闪烁。他开下路面，摇下车窗：一个酒馆。他看见许多摩托车停在酒馆外。全都是高把手的改装型，只有一辆除外。凯恩下车走进酒馆。

摩托车手围成一圈，在用慢华尔兹的节拍唱《带我上月球》，边唱边哈哈大笑，把卡特肖在圆圈里推来推去，卡特肖像个破布娃娃，不抵抗，不介意，不在乎。

凯恩在门口站住，望着那群摩托车手。卡特肖的面容一闪而过，然后绊了一下跌倒，消失在视线外。

"爬起来啊，月球小子！"

"在找石头吗？"

凯恩在笑声中侧身钻进人圈，在已经崩溃的卡特肖身旁跪下。凯恩把一条胳膊伸到他背后，托着把他扶了起来。

"喂，看这坨屎。"一名摩托车手说。

"我看咱们又多了个皮球！"另一个摩托车手说，是个年轻女人，说话带鼻音。

卡特肖盯着凯恩。他的颧骨部位多了好大一块淤青，一颗门牙磕松了，鲜血染红了嘴唇。"我见过你家里人了。"他讥讽地说。凯恩没有听懂，他拖着宇航员站起来，搀着他走向门口，但罗伯拦住了他们，抓住宇航员的胳膊握紧。"喂，哥们儿，这是我们的皮球，"他对凯恩说，"给我放下。"

154

"放过他吧，求你了。"凯恩柔声说。

"你放开我的皮球。"

"给他点颜色看看，罗伯！"

"打电话给宪兵！"

"屎兵才对，狗屎巡逻队，哥们儿。他是他们的头儿！"凯恩扭头看着卡特肖。宇航员盯着他，露出一丝苦涩的笑容。"这就是你说的人心里的善美。"他挖苦道，但声音里带着哭腔。他扭过头去。

摩托车手的首领看着卡特肖，假装惊讶道："你说了什么吗？啊？你说话了？"他望向杰瑞。"天哪，杰仔，我怎么觉得这个皮球刚才说话了！我敢对天发誓！"他拍拍卡特肖的脸。"你会说话？"

"这个人有病，"凯恩说，"请让我们走。"罗伯看见他眼睛里的恳求，听见声音里的温顺和颤抖。一个姑娘说："算了，让他们走吧。"罗伯瞥了她一眼，那是个扎马尾辫的金发女郎，他得意洋洋地笑着，凑近凯恩说，"别说'请'，说'求求爷'。我要知道你是真心的。来，说给我听听。"

凯恩无法想象自己有多么不情愿。他狠狠地吞了口唾沫。"求求……爷。"他最后还是说了，拉着卡特肖走向门口，但罗伯没有放开宇航员，又把他拽了回去。

"我打赌他会吹喇叭。"一个摩托车手说，他的嘴唇和下巴间的凹沟里留着一抹胡须。

匪帮首领像是突然来了灵感。"说'海军陆战队全都吹喇叭'。"他开心地命令凯恩。人群里传来笑声和欢呼。"放他们走吧。"扎马尾辫的姑娘说，她望着凯恩。首领傲慢地对她笑了笑。她是他的女朋友。"行了，宝贝儿。"他对姑娘说，然后把视线转回到凯恩身上。"来吧，不浪费时间了，你说了就可以走。说完这几个字，你们就可以滚了。怎么样？说不说？有啥不好的？说完你们就可以走了。"他换上真诚得可笑的表情。

凯恩的身体开始微微颤抖。他扭头看着卡特肖。宇航员盯着地面，脸上毫无表情。他在听。凯恩转身望着罗伯，眼睛圆睁，闪闪发亮，嘴巴微微张开。

"来吧，来吧——说不说？"

凯恩尝试移动舌头，挤出字词。他做不到。他凝聚起巨大的意志力。"海军……陆战队……全都……吹喇叭。"

人群发出叹息的喃喃声。

扎马尾辫的姑娘转身走开。

"最后一句，"首领说，"我发誓，说完你们就走。天哪，这句太简单了。真的。说你是个沙滩球。非常简单吧？就这么几个字。来，说'我是个沙滩球'。"

凯恩的眼睛死死盯着首领。这双眼睛瞪得更大也更闪亮了。他的舌头沉重，嘴里发干，勉强挤出："我……是个沙滩球。"

"来得正好！"罗伯欢呼，"正好需要新的沙滩球！"杰瑞伸出腿挡在凯恩背后，罗伯推了一把他的胸口。凯恩翻倒在地。摩托匪帮欢声雷动。罗伯的女朋友在吧台看着。

凯恩慢慢站起身，帮派成员开始前后推搡他。他很顺从，没有反抗。他一直在用视线寻找卡特肖，哪怕是在宇航员转过脸去之后。欢呼叫嚣仿佛匕首刺穿他的头颅。一个下巴有痣的矮胖女孩伸出脚，绊倒了凯恩。他爬起身跪在地上一动不动，眼睛盯着地面，头晕目眩。首领拿着啤酒走过来浇在他头上。"再洗礼一个，弟兄们。赞美上帝。""赞美上帝！"他们喊道。"哈利路亚！"杰瑞一脚踹在凯恩背上，踢得他脸着地趴了下去。罗伯走过去，把剩下的啤酒倒在凯恩面前的地上。他分开湿漉漉的嘴唇，露出嘲讽的表情。"他妈的懒鬼，"他说，"给我收拾干净！"

凯恩抬起头，傻乎乎地望着他。杰瑞走过来按住他的头部，直到他的脸几乎碰到地上那滩还在冒泡的啤酒。罗伯在凯恩身旁单膝跪下。"给我舔，"他说，"舔干净。"罗伯双眼放光，满脸兴奋的神情。"舔干净就放你们滚蛋。这次我是说真的。"

卡特肖暂时被他们遗忘了，头晕目眩地跟跄走到吧台前。他突然转过身，喊道："喂，给我住手！"他扑向凯恩，但两个摩托车手立刻抓住了他的胳膊。

"舔干净！"

凯恩低头望向啤酒。他浑身颤抖，黑暗在血管里奔涌，恐怖的秘密召唤他的名字，一开始是轻声耳语，然后越来越响、越来越坚定，向他下达命令，让舌头在嘴里就位。凯恩与之搏斗。那个名字。什么名字？他克服冲动，心惊胆战。他张开了嘴，舌头一点一点伸了出来，继而开始抽动。他舔着啤酒。

人群发出震惊的叹息。"我的天，"有痣的女孩惊呼，"他真的舔了！"

罗伯轻蔑地笑着，低头看他。凯恩用双手和膝盖撑起身体，杰瑞用铁头靴从背后又是一脚，踢得他再次趴倒在地。他冷笑道："简直侮辱这身他妈的制服。"

卡特肖挣扎着喊道："你们这帮杂种！他妈的狗娘养的！"

罗伯走过去，狠狠一拳打破了卡特肖的两侧面颊。"按倒他。"他吩咐抓住卡特肖胳膊的男人。卡特肖被推倒在地，两人死死按住他，罗伯骑在他身上，胯部贴着他的脸。他拉开拉链，掏出阳具，用两根手指托住抬起来，让顶端触碰宇航员的嘴唇。"好，带我去月球飞一飞，来吧，哥们，"罗伯下流地说，"不管怎样，总得把你炸上天嘛。"他微笑着环视人群，众人交头接耳，嘻嘻哈哈。有几个凑近观看，表情兴奋。卡特肖龇牙咧嘴想转开头。"他要是舔了，我可就出名了。"罗伯兴高采烈地说。他从靴筒里抽出弹簧刀，闪着寒光的长刃咔哒弹出。罗伯用刀尖抵住卡特肖的脖子。"来，乖乖的，我向上帝发誓，否则我就割了你的喉咙！我说真的！"

凯恩再次用双手和膝盖撑起身体，盯着卡特肖和罗伯。刚开始他没看懂究竟在发生什么，而后他的双眼变成了两个深渊。他抬起头看着杰瑞，杰瑞端着又一杯啤酒站在他面前。"我看这个二货需要再来一杯了。"杰瑞拖着土腔说。他把啤酒浇在凯恩头上，朝人群露出得意的笑容。他没有看见凯恩的嘴唇向上卷起，没有看见他的怒色。

凯恩伸出一只手，握住杰瑞抓酒杯的那只手。杰瑞看着四周，用婴儿的语气嘲讽道："哎呀呀，我觉得他还想要。"他突然张大嘴，惊恐地倒吸一口气。他想尖叫，但已经叫不出声了，凯恩力大无穷的手攥紧了他的手。杰瑞的眼珠都快蹦出来了。酒杯向内炸碎，碎玻璃血淋淋地扎穿杰瑞的手，他这才叫出声来。惨叫声变成没有意义的吐气声，他瘫倒在地，失去了知觉。

店堂里的所有人都惊呆了。"耶稣基督！"有人喃喃道。罗伯手忙脚乱爬起来面对凯恩，凯恩已经起身，用半蹲的姿势站在那里。罗伯把弹簧刀举在身体侧面。有一秒钟他感觉到了害怕和犹豫。但他那个宇宙的理性秩序随即恢复：肯定是酒杯本身有裂缝，侥幸而已。

他把匕首插在身旁的木柱上，从口袋里掏出黄铜手指虎戴上。他展开双臂，掌心向上，信心十足地微笑着，保证要让对方吃点苦头。他昂首阔步走向凯恩，凯恩的拳头像打桩机似的砸进他的腹部，罗伯弯下腰，凯恩猛提膝盖，咔嚓一声撞断了他的下颚骨。扎马尾辫的姑娘发出歇斯底里的惊恐叫声。店堂里一片混乱。有痣的姑娘拔出木柱上的匕首，一个摩托车手拿着链条锁扑向凯恩。凯恩弯腰侧步，用柔道的锁腕动作抓住拿链条锁的男人，一拉一提，这条胳膊咔嚓一声折断，他转过身，持刀的姑娘恰好杀到。他一记强有力的劈掌打断她的手腕，攥紧双拳举过头顶，姑娘弯腰抓住奋拉下来的手腕，他的双拳砸在她的头顶上，敲碎了她的颅骨。

其他的摩托车手扑向凯恩。

第十二章

石斑鱼踱来踱去。哈德逊·凯恩凝视窗外。精神病学家没有在布莱镇找到卡特肖，他回来后就一直待在军需官的办公室。凌晨一点二十三分。电话响了。凯恩拿起听筒，石斑鱼突然停下，走到窗口：车灯照亮了岗哨门。"有人来了。"石斑鱼说。他出去打开大宅正门的锁。精神病学家和高速公路巡警在电话上交谈，眼睛盯着石斑鱼的背影。他的脸色变得惨白。他听着对方的话，露出震惊的表情。

吉普车在宅邸门口停下。卡特肖从司机一侧下车，为凯恩打开车门，轻声说："我们到了，长官。"

凯恩透过挡风玻璃望着前方。他没有动弹。卡特肖探头进去，盯着凯恩颧骨下的伤口看了一会儿，然后抬起头看着上校的双眼。这双眼睛饱含无尽的痛苦，望着不知名的远方。"我们到了，长官。"他再次说道。凯恩扭头看着卡特肖，麻木，视而不见；他慢慢下车，呆呆地走进宅邸。石斑鱼为他开门。他看着凯恩的制服——制服被撕破了，满是污渍。"我看你找到他了，长官。"军需官用他希望很正常的语气说。凯恩从他身旁走过，一言不发，没有注意到他的哥哥站在医务室门口。他走向台阶，像是正在梦游。精神病学家发现卡特肖站在他身旁，看着凯恩爬上台阶，走进卧室，关上门。卡特肖扭头望着精神病学家心碎的双眼。"该让你知道一些事情了，"哈德逊·凯恩说，"进来。"他朝医务室摆摆头，退开让卡特肖进去。他跟着卡特肖走进房间，关上门，说出了所有事情。

卡特肖被震惊了。沉重感压在他的心脏上，仿佛突然失去了神恩的分量。

"你可以帮助他。"精神病学家说。

卡特肖点点头，他面无血色地走出医务室，上楼敲了敲凯恩的卧室门。没有回答。他又敲了敲。他觉得好像听见了什么声音，非常模糊。他转动门把手，走进房间。凯恩靠着敞开的窗户坐在一把椅子上，卡其布的毯子拉到胸口。他望着一片虚无。卡特肖静静地关上门。凯恩没有反应。卡特肖说："上校？"

没有回答。

卡特肖走近他。"凯恩上校，长官？"

"我想喝热可可。"凯恩说，然后再次陷入沉默。卡特肖不安地等待着。凯恩又说："我很冷。"

卡特肖走过去关上窗户。打破的窗玻璃已经贴上了硬纸板。

他望向窗外。大雨终于停止，星空灿烂。

"吉尔曼呢？"他听见凯恩问他，转过身。凯恩看着他，眼睛里透出困惑。

"他在楼下，长官。"

"他没事吧？"

"对，长官，他很好。"

卡特肖的眼睛里涌出泪水。他转身面对窗户。

"卡特肖。"

"是，长官。"

"你为什么不去月球？"

"因为我害怕。"卡特肖答得很简单。

"害怕？"

"对，长官。"卡特肖努力控制住声音里的颤抖。他抬头望着天空。"看见那些星星了吗？那么冷，那么遥远，那么孤独——唉，孤独极了。茫茫太空，空旷的太空……离家那么远。"眼泪淌下宇航员的面颊。"我绕着这幢屋子一圈一圈转，"他用沙哑的声音说，"环绕了一周又一周。有时候我会想，永远无法停下会是一种什么感觉；孤零零地在天上一圈一圈转……直到永远。"反射的星光在卡特肖的眼泪中撞得粉碎，犹豫的话语从灵魂挣扎而出。"还有，要是我去了那儿——去了月球，结果回不来了怎么办？我知道凡人终有一死，但我害怕一个人死去，而且还远离家乡。假如上帝已死，那我就真的非常孤独了。"

警笛声呜呜传来。卡特肖望向窗外，看见闪烁的红灯沿着道路飘荡而来，在岗哨门前停下，仿佛禁止希望接近的浮标。

"没……多少时间了。"凯恩说，他的声音焦急而吃力，"时间，没有时间了。但我会向你展示……上帝……确实存在。"

"对，是的，长官。"警车驶近宅邸。

"还有其他人，"凯恩双眼发亮，"或许能够有所帮助。尽量治愈……尽量治愈他们。我说不清。现在没有其他办法了。时间。没有时间了。只能尝试……尝试……休克疗法。"

卡特肖无法动弹，他缓缓转身，默默地仔细打量凯恩。他问道："你怎么了，长官？"

"累了。"凯恩把头部靠在椅背侧翼上。"累了，"他重复道，闭上眼睛，用困乏而轻柔的声音喃喃道，"一个……例子。"然后没再多说一个字。

卡特肖继续盯着他。"什么，长官？"

凯恩还是默不作声。卡特肖盯着他看了一会儿，然后走到椅子旁。凯恩像是睡着了。

卡特肖看见他脖子上有什么东西闪闪发亮。他俯身去看，忍住了一声啜泣。凯恩戴着卡特肖的圣牌。

宇航员跑出房间，害怕哭声会吵醒凯恩。他走后没多久，一把匕首从盖毯褶皱下滑了出来，砰地一声落在椅子底下被鲜血浸透的地垫上。深红色的鲜血从盖毯一角继续滴落。

· · ·

卡特肖走到楼梯平台的边上向下看。有几个病人已经醒来，从宿舍来到大堂，裹着睡袍和睡衣，嘴里嘟嘟囔囔。两名公路巡警进门后，站着和石斑鱼小声交谈。军需官面色凝重，不时摇头；然后不情愿地带着他们走进医务室。卡特肖看着医务室的门关上。他在楼梯顶端坐下。有什么地方不对劲。是什么呢？肯定有什么。他望向凯恩的卧室，皱起眉头。他又看向自己的脚，一时间没有认出鞋上沾着的东西。他伸出一根手指摸了摸，突然大惊失色：是鲜血。"啊，我的天哪！"他跳起来，跑回凯恩的房间。

· · ·

医务室里，石斑鱼、克里斯蒂安、克雷布斯和哈德逊·凯恩面对两位巡警站着。"他在哪儿？"高个子巡警问。

"我不能让你们带走他。"凯恩斩钉截铁地说，"对不起。"

"别这样，上校。"

"你自己都承认，是他们主动招惹他的。"

"话虽没错，但——"

"不行，该死，他必须留下！"

巡警疲惫地说："听我说，我们要带他回去，长官。对不起。但这是我们的职责。要是你们不肯主动交出他，那我们就自己去找他。"他望向搭档，"来，弗兰克，咱们走。"两人走向门口。

精神病学家用后背顶住房门。"喂，你们识相点儿，"他冷冷地说，"这个房间里全都是空手道高手。"

克雷布斯有一瞬间露出讶色。

"来啊，"哈德逊·凯恩挑衅道，"试试看带走他。明天晨报的头版头条会是《公路巡警枪杀海军陆战队队员》！想和我斗是吧？丑话说在前头，你最好一枪毙了我！"

两位巡警一时间不知如何是好。高个子走向凯恩，突然停下，扭头看一眼搭档，然后转身走向办公桌上的电话，脸上露出无言的厌恶表情。他气呼呼地抓起听筒，然后瞪着凯恩，低吼道，"能用一下你的电话吗？"

"可以，请便。"

巡警忽然改了主意。他放下听筒。"能让我们和另一个人谈谈吗？"他问。

"你是说卡特肖？"

"对，只是谈谈。"

"保证不动其他心思？"

"是的，长官，保证不动其他心思。"巡警阴沉地说，"四条人命，没什么心思可动。"

· · ·

他们走出医务室，好奇的病人聚拢过来。

"究竟发生什么了？"本尼什问。

"为什么有条子来？"费尔班克斯问。

"是费尔。"雷诺顽皮地说，"五百张停车罚单没清。"

"没事，"精神病学家对他们说，"真的没事，搞错了而已。卡特肖在哪儿？"他问。"有人见过他吗？"众人纷纷摇头。"克雷布斯，你去宿舍里找他，"他命令道，"克里斯蒂安，你去楼上看——"

"天哪！"石斑鱼叫道。他看着精神病学家的背后。哈德逊·凯恩转身顺着他的视线望过去，突如其来的失落感让他无法呼吸。卡特肖抱着文森特·凯恩走出凯恩的卧室，无声的眼泪沿着面颊滚落。他在栏杆前停下。"他死了，"他哭泣道，"他杀死了自己。"他含泪望着怀中死者的面庞，摇着头说，"他放弃了自己的生命。"

MYN GLAS LOOPT RAS

第十三章

四月的阳光下，包围宅邸的松树与云杉、鸟儿的潮湿翅膀闪闪发亮。一辆海军陆战队的吉普车开进荒芜的院子，在大宅门前停下。一名下士从司机一侧出来，为乘客拉开车门。下车的是卡特肖，他身穿海军陆战队的蓝色制服，佩戴少校的徽章。凯恩去世已经快三年了。

　　卡特肖深深呼吸，环顾四周。空气甜丝丝的。他望着院子，柔和的表情温暖了面容，记忆如潮水般涌来，耳畔的声音在回响、消散。他闭上眼睛，沉思片刻。"西蒙说……西蒙说……"卡特肖摇摇头，露出懊悔的微笑，下士望着他，不明所以。他睁开眼睛，轻声吩咐下士，"等我一会儿。"卡特肖走向大宅的正门。他发现门上了锁。下士看着他绕到侧面去推窗户。有一扇窗户能推开，卡特肖爬进室内，消失在视野外。

　　凯恩死后不到一个月，这个中心就被关闭了。

　　弗洛伊德计划宣告失败，十八号中心的十二位病人被遣散去其他的医院和诊所，而其余的病人则忽然恢复了相对而言的正常。

至于是他们放弃了装疯，还是凯恩死亡造成的震撼就像一记重锤，真的打得他们恢复了健康，没有人愿意猜测究竟哪个是正确的，连哈德逊·凯恩也是这样，他不得不怀疑那套哈姆雷特理论或许是正确的。精神病学家撰写报告，证明除卡特肖之外的这些人虽然机能恢复正常，但"在军队服役的可能性已彻底丧失"，建议让他们"光荣退役"。为了文森特，他不允许这些人被重新送上战场。

· · ·

　　卡特肖望着空荡荡的大堂。建筑物没有修复回原状。石膏墙板上的大洞依然在，天花板上还有戈麦斯留下的壁画。卡特肖脸上露出温暖而悲哀的笑容。他望向盘旋通往二楼的台阶，眼神变得忧郁而沉痛。他有好几秒钟无法动弹；他走上台阶，慢慢来到二楼。他在楼梯平台上犹豫片刻，然后走向凯恩的卧室，在门口停下。他摘下军帽，默然垂首，伫立良久。他突然有一种想要敲门的冲动。他轻轻地敲了四下，然后推开门，走进房间。他在门口站了一会儿，回忆，感觉，沉浸在往事中。他的视线落在窗户上，走到那把椅子曾经放置的地方。他低头寻找凯恩腹部那道伤口流出的鲜血留下的痕迹，但他什么都没有找到。地板蜡和抛光掩盖了他的死亡。

　　卡特肖摸到口袋里一个揉皱的信封，掏了出来。信封上写着他的名字。凯恩死后的那天上午，石斑鱼在这个房间的衣橱上找到了这封信。宇航员从信封里取出信纸，慢慢打开。这是笔记本里的一页纸，纤细的蓝线已经开始褪色。粗体字写得很整齐，优雅的字体漂亮得像是结婚请柬，宇航员不禁思考，那只手要多么坚定才能写出这样的字迹啊。

"致卡特肖上尉，"这封信是这么写的，"我认真考虑了你提出的一个疑问：上帝为什么不出现在人的面前，用明确的方式说明神要人怎么做，一劳永逸地解决人的内心困惑。要是一个身穿发光衣衫的人明天出现在某座大城市的天空中，对所有人说他是上帝派来的，为了证明他的身份，他可以实现我们提出的任何奇迹，假如有人要他明天正午开始，让太阳在天上跳8字舞整整二十六分钟，假如他真的做到了，我们会相信他吗？我认为在一段时间内大家都会相信，亲眼见到他做了什么的那些人都会相信。但一周过后，恐怕只有心存善意的人依然相信了，其他人都会说是自我暗示、集体癔症、集体催眠、巧合、未知力量等等。有用的并不是我们在天上看见的，而是存在于内心的：一份良愿，一点善意。我希望这样能帮助你。"信里这么写道，然后换上亲切的口吻，"我牺牲自己的生命，希望我的死亡可以产生拥有治疗价值的震撼。总而言之，现在我给了你一个例子。假如我曾经伤害了你，那么请让我说声对不起。我一直很喜欢你。我知道我们还会有相见的一天。"

这封信的签名是："文森特·凯恩。"

卡特肖抬起头望着窗外。黄褐色的辉光照亮天空，森林沐浴在温暖的光线下。卡特肖敬畏地注视着这一切。

他下楼走向大宅正门，视线不经意地落在凯恩以前的办公室门上。他犹豫片刻，然后走到办公室门口，抓住门把手，使劲推开门，门狠狠地撞在墙上，震得天花板上灰泥脱落。他望着曾经放置书桌的地方，轻声问："我能走了吗？"

下士靠在车上，听见大宅内传来砰的一声，他警惕地站了起来。卡特肖走出正门，转身上锁。他走到车旁，转身最后一次望向大宅。下士顺着他的视线望过去。"听说过不少这地方的传闻，长官，"他说，"他们有个很可怕的精神病学家，是个杀手。"

卡特肖望着他的双眼说："他是羔羊。"

他坐进车里。开出岗哨门时，下士清清嗓子。"假如你不介意的话，长官……"他开口道，"我猜所有人都问过您这个……"

卡特肖和他在后视镜里对视。"什么？"他和蔼地问。

"呃，月亮上到底是什么样子，长官？我是说，那是一种什么体验？"

卡特肖有好一会儿没说话，然后扭头看着车窗外，露出微笑。"那要取决于你和谁在一起了。"他长出一口气，摘下军帽，把头部放在靠背上，闭起双眼。他很快就睡着了。

· · ·

费尔班克斯回到堪萨斯州的普雷维勒，与父母生活在一起，他帮助父亲经营谷仓生意。几个月后，他父亲过世，他接手生意。他过上了平静的生活，照顾失去丈夫的母亲和两个妹妹——一个十岁，一个十三岁。他喜欢坐在门廊上，阅读报纸上越南的消息。

雷诺的家里很有钱，他回到纽约，尝试表演，但未能成功。后来他开始每天去中央公园溜冰场，练习"正经的花样滑冰"。一天滑冰时，他认识了一位年轻的护士，她在福特汉姆医院的癌症病房工作。"这就像《珍妮的肖像》，"他说，"不能长大，否则必死无疑。[①]"她哈哈大笑，两人开始约会，波澜不惊地交往了一段时间后，就结婚了。雷诺的父母曾强烈反对，因为这个叫玛利亚的姑娘是波多黎各人，出身于贫民窟。雷诺在创作一个剧本，两人靠玛利亚的薪水过日子；他父母不肯接济他们。事实上，玛利亚花了很大一部分薪水买礼物送给病人，那些病人都是出身贫寒的孩子。雷诺认为她这么做非常美好。一天雷诺的母亲看见雷诺和玛利亚在人行道上捡烟头，他们会剥出烟丝，自己卷烟抽。当

———————————

[①] 《珍妮的肖像》故事中，珍妮长大后被飓风吹进海中淹死了。

时她刚走出波道夫·古德曼商店，假装没看见他们，但从那天开始，他父母向他们伸出了援手。

弗洛姆游手好闲了一阵子，每天半夜三更才睡觉，他妻子是拉斯维加斯一家赌场的收银员，除了弗洛姆的伤残津贴，她一份工资要养两个人。他经常会在半夜尖叫惊醒，但想不起究竟是什么在梦中吓得他魂不附体。后来他妻子和他离婚，嫁给了一名卖空调的销售员。弗洛姆如今在拉斯维加斯的一家大赌场当发牌员，上司时常因为他对赌客过于友好而责骂他。

奈麦克和戈麦斯退伍后过了一年都申请重新参军，但被拒绝了。目前奈麦克在夏威夷的毛伊岛看酒吧。戈麦斯回归平民生活，发现未婚妻已经嫁人。参军申请被拒绝的那天晚上，戈麦斯喝得烂醉，在前女友的住处门口用佩枪对她丈夫开枪。目前他正在等待审判。

本尼什在洛杉矶一所大学负责公共关系，与妻子和一个孩子在圣费尔南多谷过着平静的生活，他的孩子非常早慧。

克雷布斯回到了塞普尔韦达退伍军人医院的神经科，在调任中心之前，他在那里已经工作了好几年。

克里斯蒂安结婚后离开了海军陆战队。

石斑鱼申请参加战斗。司令部批准了。1969 年 11 月 10 日，他在执行任务时身亡。他扑在一颗即将爆炸的手雷上，保护了两名年轻列兵的生命，这两名列兵吓呆了，站在那里无法动弹。他得到了一枚国会荣誉勋章，勋章颁给了他在纽约州普瓦斯基生活的母亲。她把勋章和石斑鱼的信件一起放在了一个盒子里。

THE NINTH CONFIGURATION
By WILLIAM PETER BLATTY

图书在版编目（CIP）数据

精神病患 / (美) 布拉蒂著；姚向辉译 . -- 北京：北京时代华文书局 , 2016.3
书名原文：The Ninth Configuration
ISBN 978-7-5699-0822-0

Ⅰ . ①精… Ⅱ . ①布… ②姚… Ⅲ . ①长篇小说－美国－现代
Ⅳ . ① I71245

中国版本图书馆 CIP 数据核字 (2014) 第 038975 号

北京市版权著作权合同登记号　　图字：01-2016-0632

William Peter Blatty
THE NINTH CONFIGURATION

精神病患

作　　者 | 〔美〕威廉·彼得·布拉蒂
译　　者 | 姚向辉

出 版 人 | 杨红卫
统筹监制 | 王　水
策划编辑 | 黄思远
责任编辑 | 王　水　黄思远
封面设计 | 星　野
责任印制 | 刘　银　范玉洁

出版发行 | 时代出版传媒股份有限公司 http://www.press-mart.com
　　　　　北京时代华文书局 http://www.bjsdsj.com.cn
　　　　　北京市东城区安定门外大街 136 号皇城国际大厦 A 座 8 楼
　　　　　邮编：100011　　电话：010 - 64267120　64267397
印　　刷 | 北京中科印刷有限公司　电话：010 - 69590320
　　　　　（如发现印刷质量问题，请与印刷厂联系调换）
开　　本 | 880×1230mm　　1/32
印　　张 | 6
字　　数 | 145 千字
版　　次 | 2016 年 6 月第 1 版　　2016 年 8 月第 2 次印刷
书　　号 | ISBN 978-7-5699-0822-0
定　　价 | 56.00 元

特别鸣谢：

利 维 坦
liweitan 2014

利维坦 微信公众订阅号：liweitan2014

神经基础研究、脑科学、诗歌、小说、哲学……

乱七八糟的什么都有。

反清新，反心灵鸡汤，反一般文艺，反基础，反本质。

ISBN 978-7-5699-0822-0

9 787569 908220 >

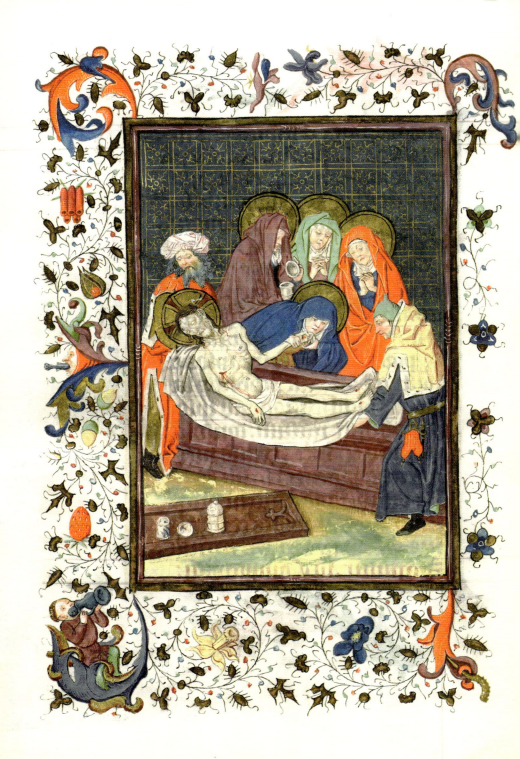

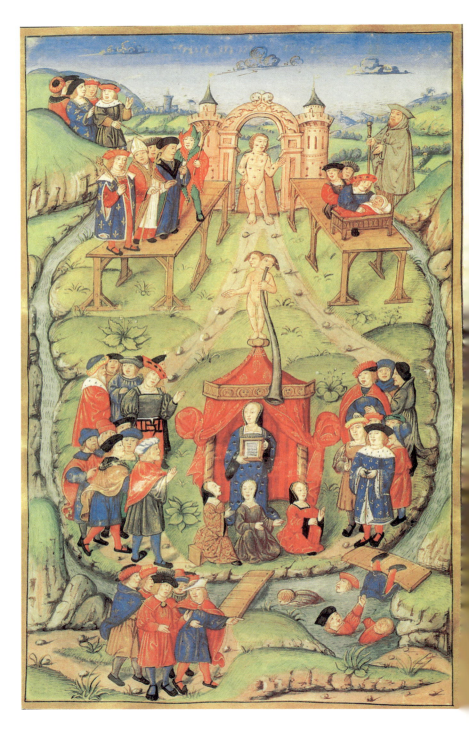

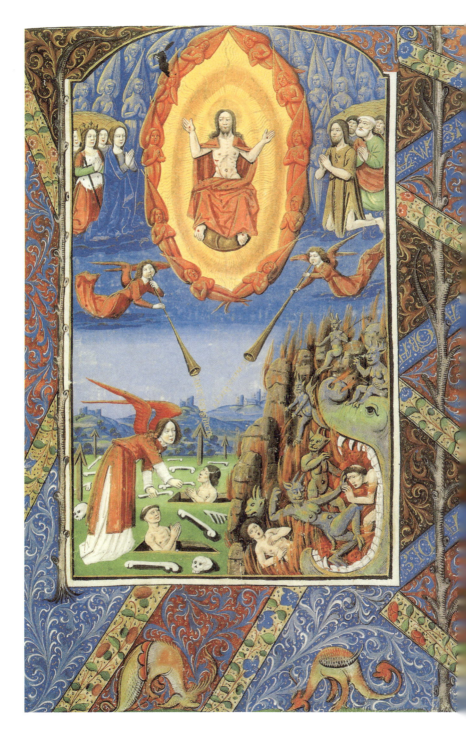

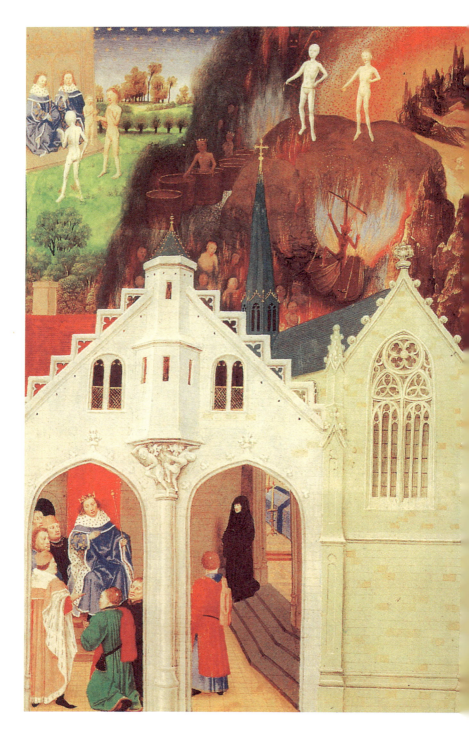

Constamina. Nobilis.

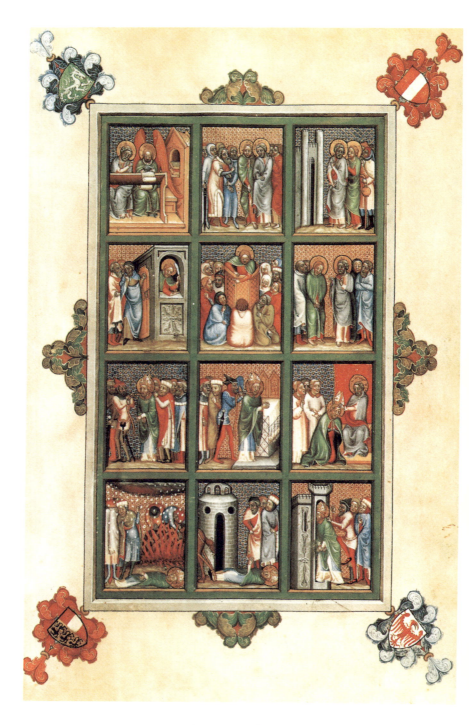

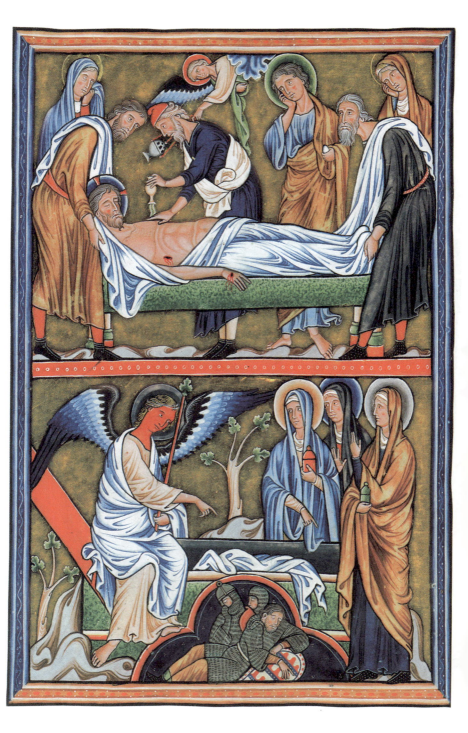

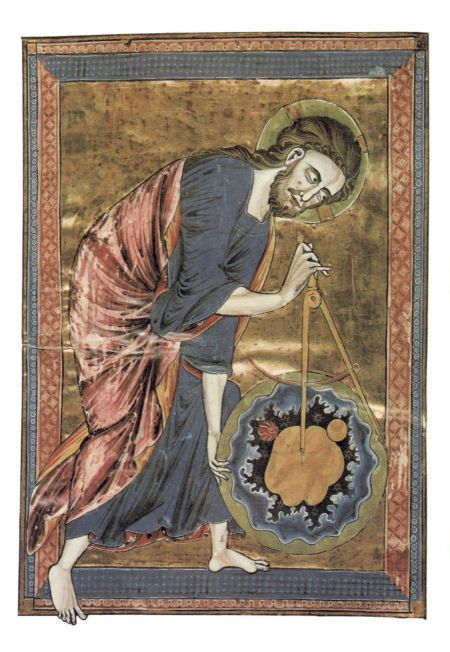

EONEPATRU DUCTAS BOS AGNISELICIT UNDA

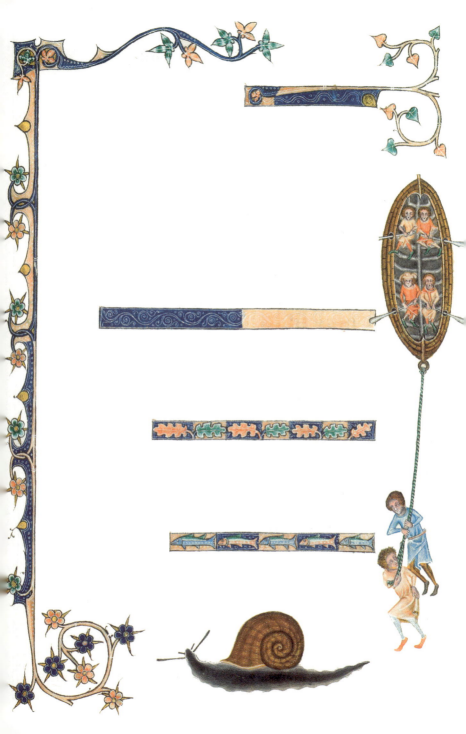

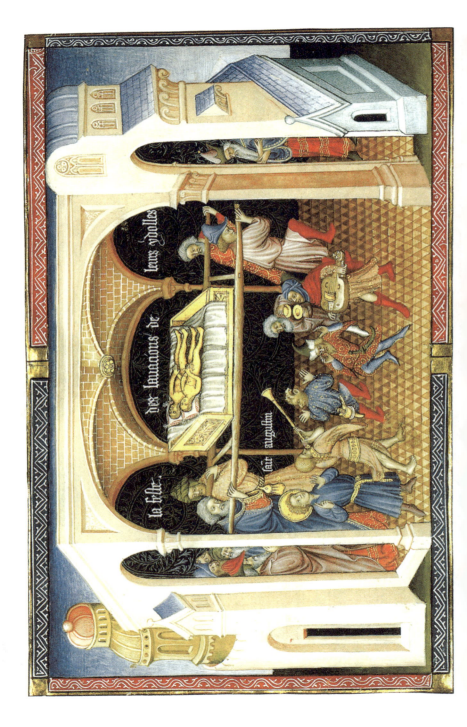

la fille · de · des sauvaours de leurs ydolles · faire augustin

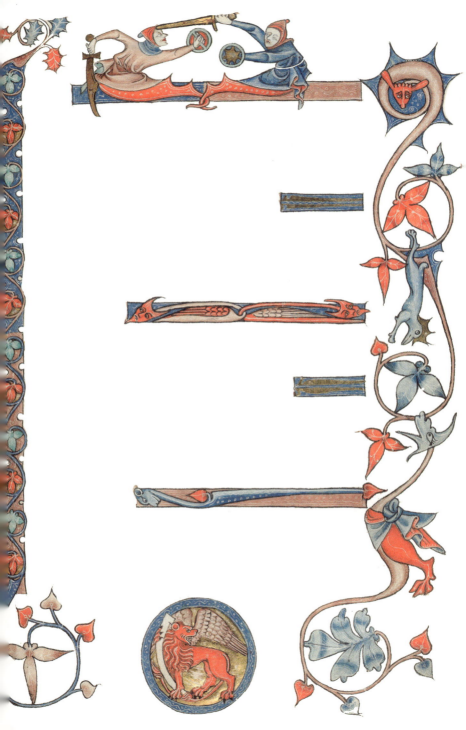

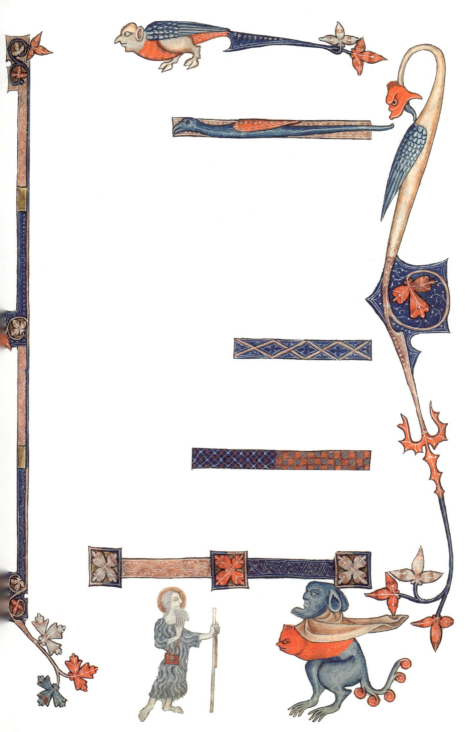

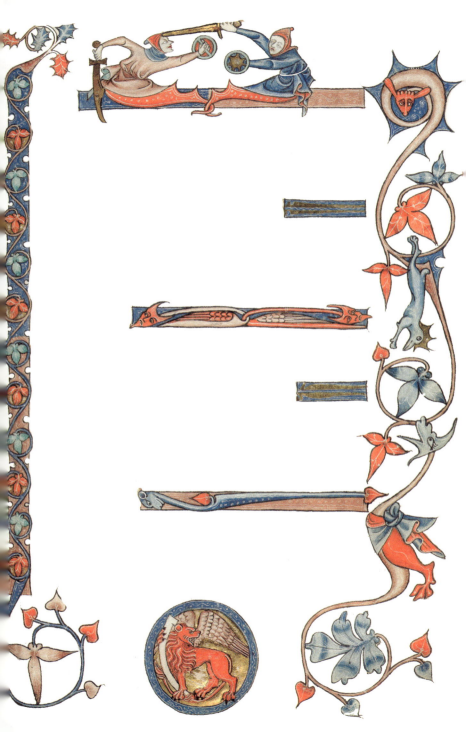

aluum me fac deus : quo
niam intrauerunt aq
ue ad animam meaz
nfixus sum in limo
pfundi : et non est
substancia en in altitudinem

HIC DIVES IN FORIBVS VLCERVS IACET VLCERE PLENVS

HIC PAVPER MORITVR ABRAHAE GREMIOQVE LOCATVR

DIVES OBIT MVNDO DIRO CRVCIENDVS AVERNO

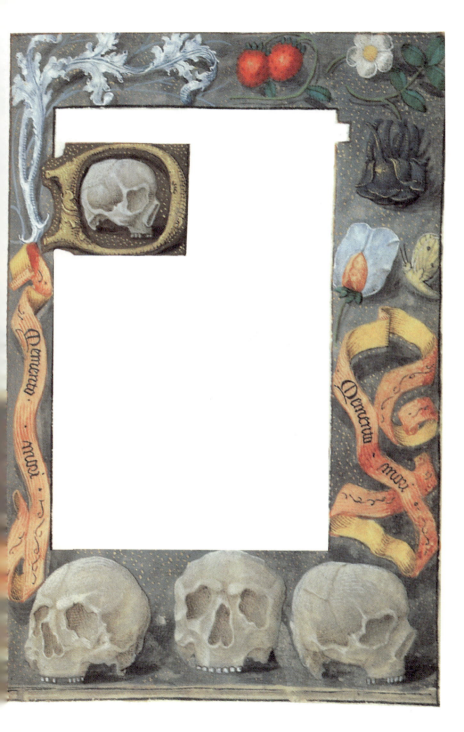

OMNIP̄TENS

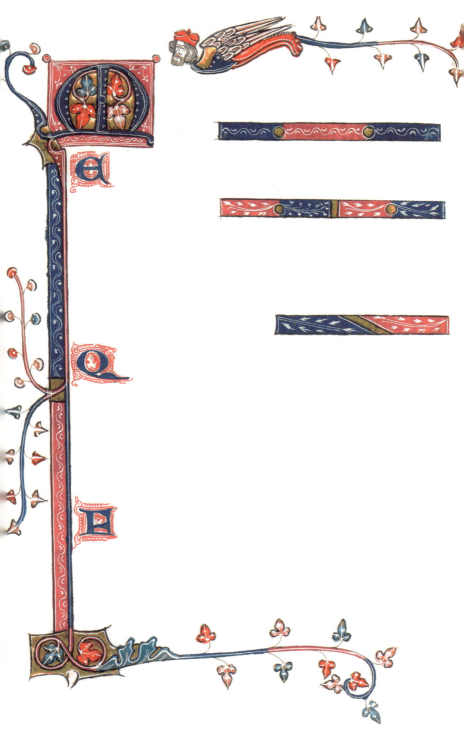

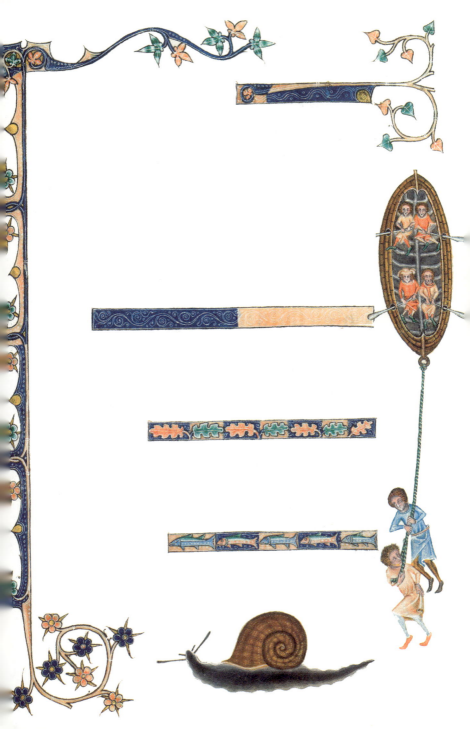

Tanto autem studio libros diuinos ex tūc legit
q̄no libros gentilui unq̄ legerat p̄ta eq̄ i lacs
scipturis et scitate uite q̄ dum eēt annor. xxx.
ab ecctā romana p̄lbr cardial ordinatꝰ est.

Per quadrienniū igitur uerō. in līmo pīna pac
ta ut prudēs aīal ad p̄sepe dn̄i bethlee reuerauit
ubi circa trāslacōne biblie ac laciarū scriptārū
lb. ānis et vj. mēsib; desudauit uigo p̄manes

Quondie lacrime quondie gemitus et si quando
repugnate sompni opilist: Immo nir ossa perc
aa colidebant er cu scorpio nu tm secus sepe cho
ris puellarui mecsse z sola libidinui mcendia

um sanctus mar taus rex de celo audit

 tir eustachius dicens confide eustachi

lugerit de filijs in uxore eris quippe recipturus

et filijs suis ab ipso salu uxorem letus cum filij

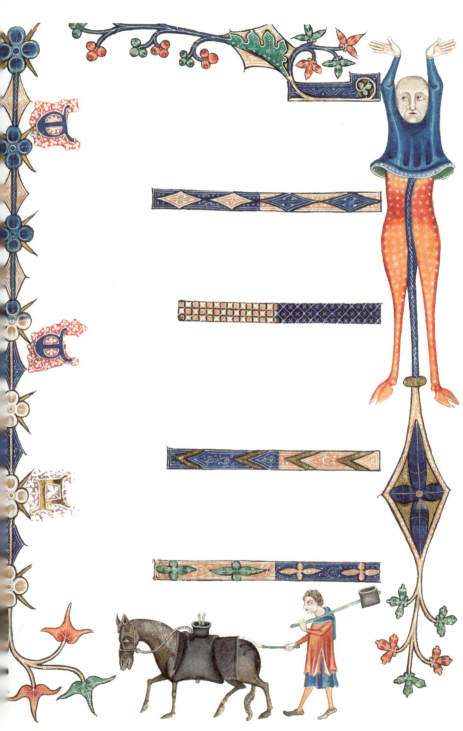

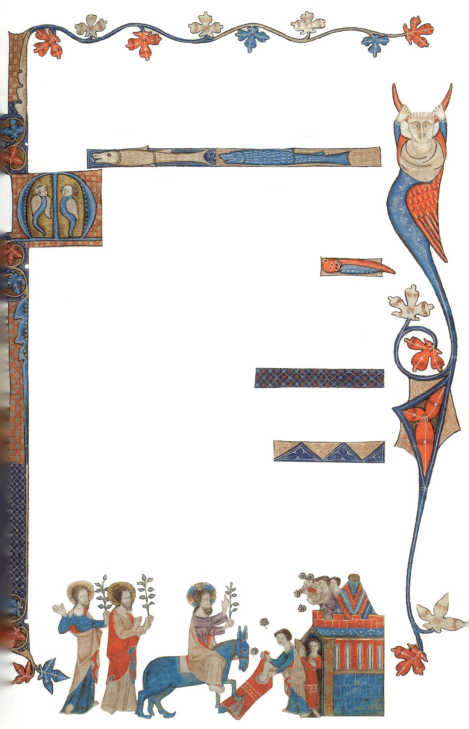

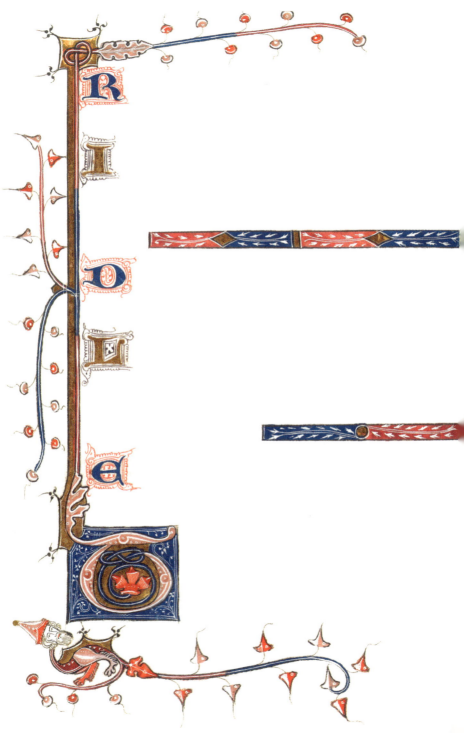

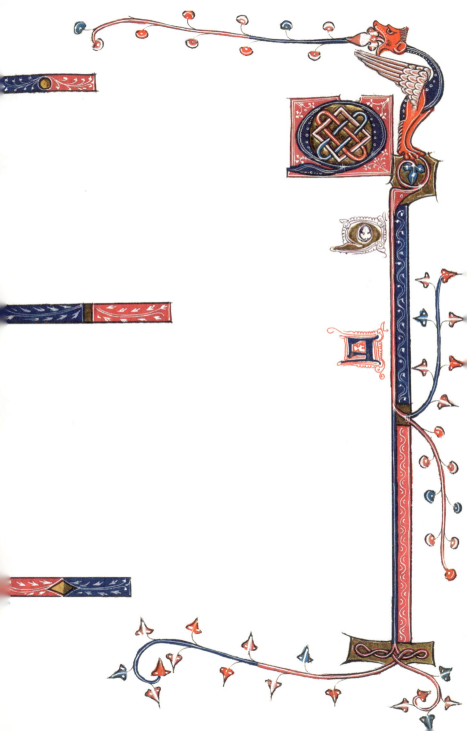

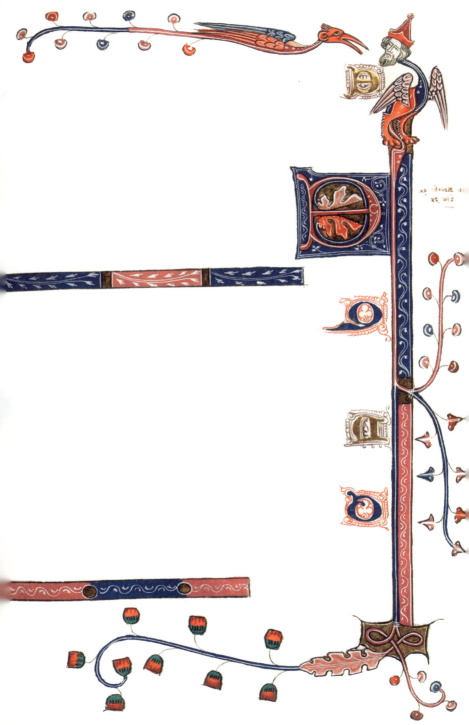

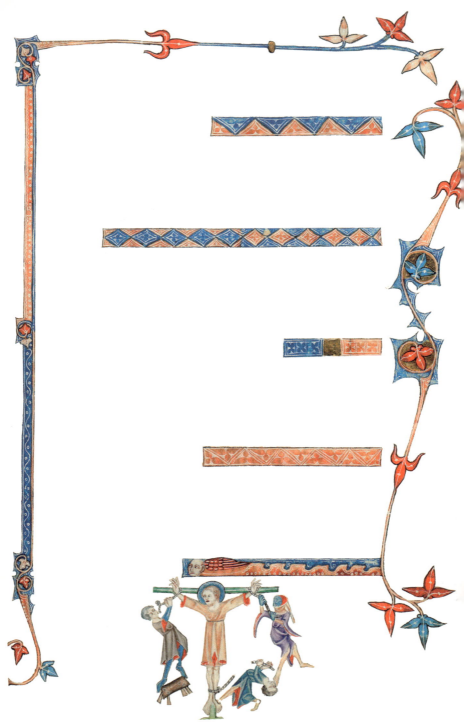

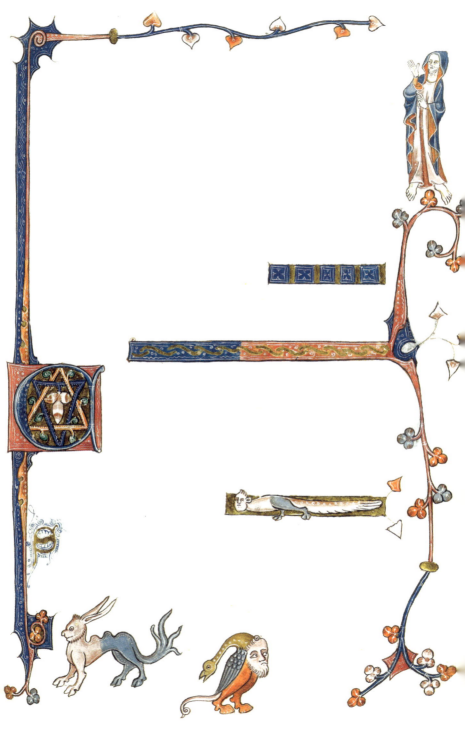

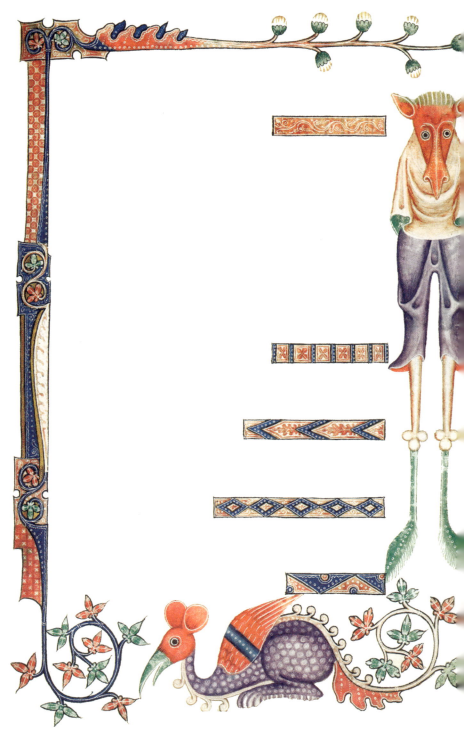